MINECRAFT

MOJANG
STUDIO

MINECRAFT

マインクラフト

ゴーレムにいどめ!

Original English language edition first published in 2023 under the title
MINECRAFT STONESWORD SAGA: THE GOLEM'S GAME
by HarperCollins Publishers Limited, 1 London Bridge Street, London SE1 9GF and 103
Westerhill Road, Bishopbriggs, Glasgow G64 2QT, United Kingdom.

MOJANG
STUDIOS

オンラインでの安全性を確保してください。Farshore／技術評論社は第三者がホスティングしているコンテンツに対して責任を負いません。

本書に記載されたすべての情報は Minecraft: Bedrock Edition に基づいています。

本書に記載された内容は、情報の提供のみを目的としています。したがって、本書を用いた運用は、必ずお客様自身の責任と判断によって行ってください。これらの情報の運用の結果について、技術評論社および著者はいかなる責任も負いません。以上の注意事項をご承諾いただいた上で、本書をご利用願います。これらの注意事項をお読みいただかずに、お問い合わせいただいても、技術評論社および著者は対処しかねます。あらかじめ、ご承知おきください。

の紹《しょう》介《かい》

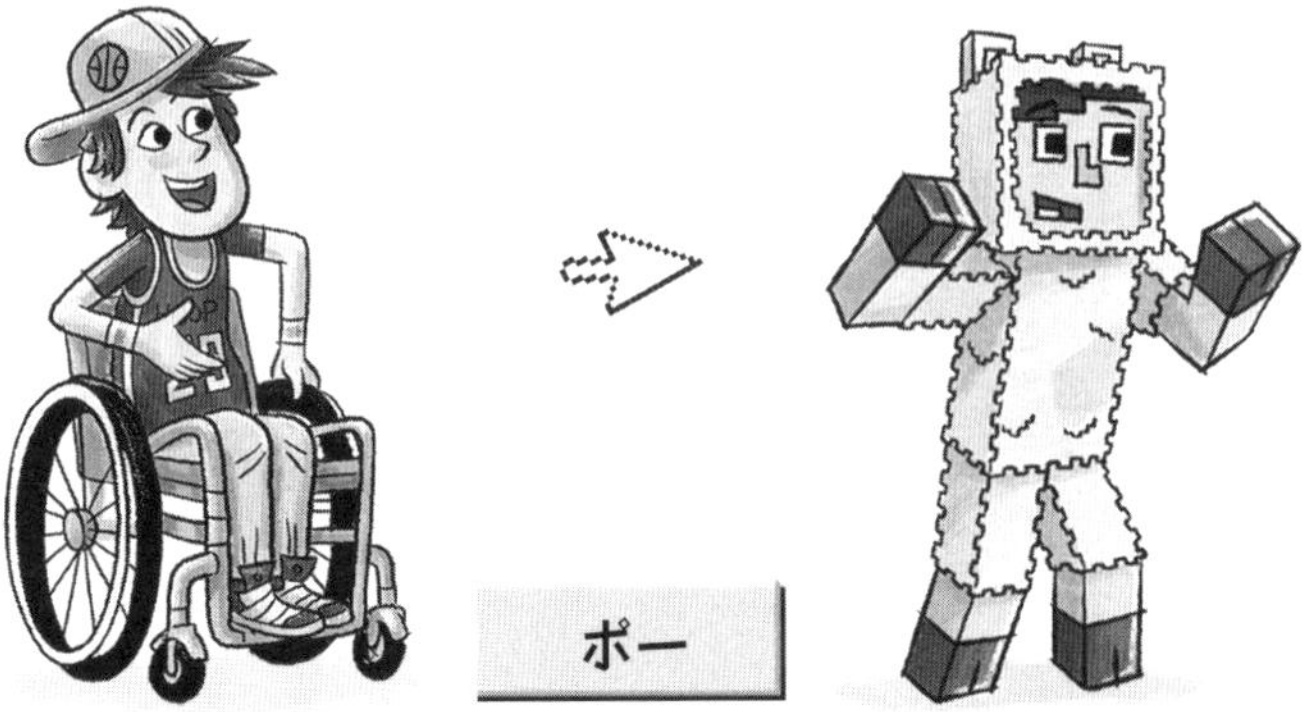

ポー

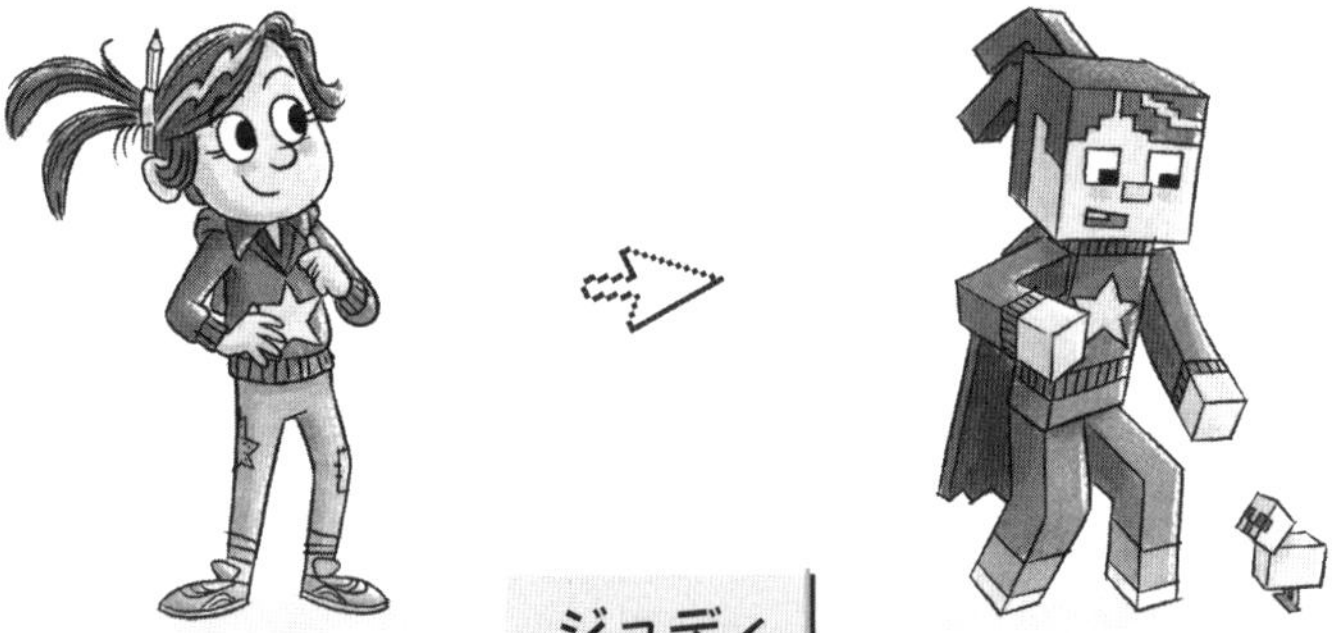

ジョディ

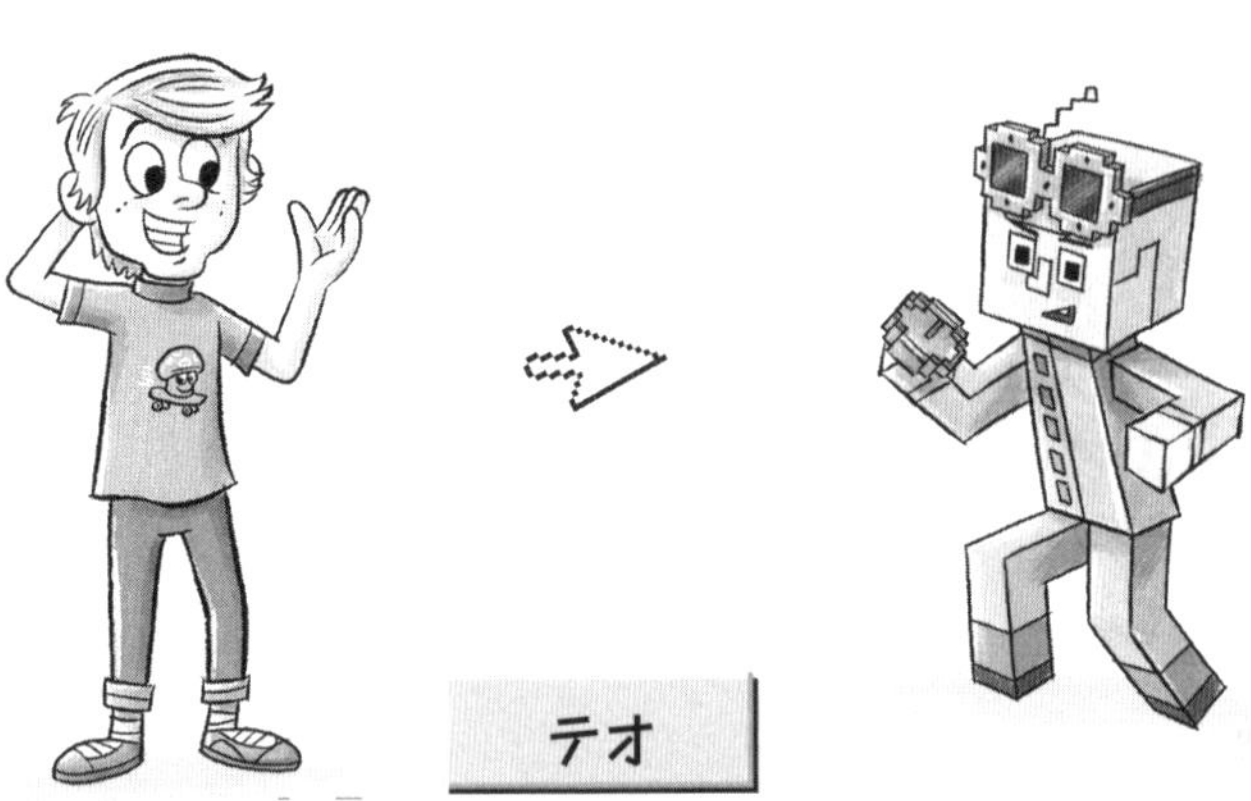

テオ

登《とう》場《じょう》人《じん》物《ぶつ》

プロローグ

モーガン・メルカードはネザーでひとりぼっちだった。

いつもなら、モーガンは仲間《なかま》たちといっしょにマインクラフトの世界《せかい》を探検《たんけん》するので、敵対的《てきたいてき》モブが出《で》てきても心配《しんぱい》はない。そう、いつもだったら。

ところがいまは、モーガンのそばには仲間《なかま》たちがいない。それなのに、おそろしいモブはたくさんいる。

暗《くら》くてぼろぼろのネザー砦《とりで》の中《なか》を、モーガンはしゃがんだ姿勢《しせい》で進《すす》んだ。どうか敵《てき》に見《み》

つかりませんように。ここにはかくれる場所《ばしょ》はたくさんあるが、ブタのようなモブのピグリンがうようよしている。勝手《かって》に砦《とりで》に入《はい》ってきたモーガンをピグリンが許《ゆる》すはずがない。

かといって、引《ひ》きかえすわけにもいかない。この砦《とりで》の中《なか》には、すばらしいものがあるのだ。それに、仲間《なかま》たちのところに手《て》ぶらで帰《かえ》るわけにもいかない。

突然《とつぜん》、ぞっとするような鳴《な》き声《ごえ》があたりにひびきわたった。まずい、ピグリンに見《み》つかった！

こうなったら、かくれている場合《ばあい》じゃない。モーガンはさいわいにも、マインクラフトで最強《さいきょう》の剣《けん》と防具《ぼうぐ》を身《み》につけていた。これならピグリンの1体《たい》や2体《たい》、どうってことないだろう。3体《たい》だって、4体《たい》だって、だいじょうぶだ。

ところが、ピグリンが数《かぞ》えきれないほどやってくるではないか！

ピグリンと戦《たたか》うしかない。モーガンは、つぎからつぎへとせまりくる敵《てき》の波《なみ》を、剣《けん》で切《き》りさいて前《まえ》に進《すす》んだ。

ピグリンは、モーガンの剣《けん》の前《まえ》にバタバタとたおれていく。だが、ピグリンを1体《たい》やっつけているあいだに、新《あたら》しいピグリンが2体《たい》やってくる。いくら強力《きょうりょく》な防具《ぼうぐ》を身《み》につけたモーガンでも、これではダメージを受《う》けてしまう。

このままじゃ、いつかやられちゃう……**でも、いまは考《かんが》えてるひまなんてない。とにかく、剣《けん》を振《ふ》らなくちゃ。**

第《だい》1章《しょう》

モーガン・メルカードは、運動会《うんどうかい》のスター！

流《なが》れ星《ぼし》のようにかがやいて、はでに燃《も》えつきる！


ウッズワード・ミドル校《こう》はひと晩《ばん》でがらりと変《か》わっていた。天井《てんじょう》の低《ひく》いところに色《いろ》とりどりの横断幕《おうだんまく》が飾《かざ》られ、廊下《ろうか》には、応援《おうえん》メッセージがいっぱいのポスターが何枚《なんまい》もはってある。

その中《なか》には、おかしなイラストがえがかれたポスターもあった。うでと足《あし》の生《は》えた脳《のう》みそが、サングラスをかけてバーベルを持《も》ちあげているのだ。そのポスターの上《うえ》に飾《かざ》られた旗《はた》には「必勝《ひっしょう》！」と書《か》いてある。

「くじけず勝利《しょうり》をめざす！」というスローガンと、笑顔《えがお》の子《こ》どもた

必勝《ひっしょう》！

ちがぴかぴかのメダルをかかげたイラストのポスターもあれば、リス、シマリス、ハムスターが肩車《かたぐるま》をして、高《たか》い窓《まど》のふちにあるホカホカのパイに手《て》をのばしているイラストに「力《ちから》を合《あ》わせてがんばろう！」というメッセージのポスターもある。

ジョディ・メルカードはにこにこしていた。ジョディはカラフルな作品《さくひん》も大《だい》すきだけど、動物《どうぶつ》がいちばんすきなのだ。**でも、ハムスターはパイなんて食《た》べないんじゃないかなあ**（クラスで飼《か》ってるハムスター、

スイートチークス男爵《だんしゃく》と、ストーンソード図書《としょ》館《かん》の公式《こうしき》マスコット、ディンプルズ公爵夫人《こうしゃくふじん》に、すぐにパイをあげてみなくっちゃ！）。

「ねえ、ジョディ！」ジョディには、だれの声《こえ》かがすぐにわかった。振《ふ》りかえると、思《おも》ったとおり、いつも元気《げんき》いっぱいの**ポー・チェン**がいた。

「ぼくたちが飾《かざ》りつけした学校《がっこう》はどうだい？」

「いいね」ジョディはわくわくしながら答《こた》えた。

「でも、どうしてこんなふうに飾《かざ》ってるの？」

「**今度《こんど》の金曜日《きんようび》が運動会《うんどうかい》だからよ**」ポーのとなりにいるシェリー・シルバーが答《こた》えた。シェリーとポーは児童会長選挙《じどうかいちょうせんきょ》であらそった仲《なか》だが、いまでは児童会《じどうかい》で力《ちから》を合《あ》わせている。「今週《こんしゅう》はずっ

児童会長選挙《じどうかいちょうせんきょ》であらそった　『マインクラフト　モブのたくらみ「石《いし》の剣《けん》のものがたりシリーズ②」』参照《さんしょう》。

とお祭《まつ》りムードにするの」

「運動会《うんどうかい》かあ！　すっかり忘《わす》れてた」ジョディはおでこをピシャリとたたいた。「おにいちゃん、がっかりするだろうなあ」

「どうして？　モーガンはハーパーとテオと同《おな》じ組《くみ》だろ？」ポーがたずねた。

「いろいろあってね。**ハーパー**と**テオ**っていえば、２人《ふたり》のところに行《い》かなくちゃ。じゃあ、がんばってね！」

ジョディは、ポーとシェリーに向《む》かって親指《おやゆび》を立《た》てると、たれ下《さ》がった旗《はた》をかがんでよけながら、ハーパーたちを探《さが》しにいった。

ジョディはまず、理科室《りかしつ》に足《あし》を運《はこ》んだ。学校《がっこう》が始《はじ》まる前《まえ》、ハーパーとテオはときどきそこで、お手伝《てつだ》いをしているからだ。２人《ふたり》はいなかったけれど、理科《りか》の先生《せんせい》、ドク・カルペッパーがいた。ドクは、その場《ば》でぴょんぴょんはねながら、ジョディに手《て》を振《ふ》っている。ドクがとぶたびに、ガラスのビーカーや試験管《しけんかん》がカタカタと音《おと》を立《た》てた。

「**ドク？**　なにしてるんですか？」とジョディ。

「スタージャンプだよ。運動会《うんどうかい》でわたしは赤組《あかぐみ》なんだ。練習《れんしゅう》しておかないとね！」ドクが答《こた》えた。

運動会《うんどうかい》では、先生《せんせい》は出欠《しゅっけつ》をとって生徒《せいと》にハチマキをわたすだけなのに、スタージャンプなんてする必要《ひつよう》があるのかなあとジョディは思《おも》った。でも、ドクが大《おお》まじめに運動《うんどう》しているので、なにもいわないことにした。肩《かた》をすくめただけで、ドクに軽《かる》く手《て》を振《ふ》って、理科室《りかしつ》から出《で》ていった。

スタージャンプ
まっすぐ立《た》った姿勢《しせい》からジャンプして、手足《てあし》を大《だい》の字《じ》にのばす体《たい》操《そう》。

つぎにジョディが向《む》かった先《さき》は、学校《がっこう》にあるチョウチョウのすみかだった（この部屋《へや》は**もともと**コンピューター室《しつ》だったのだが、それはずいぶん前《まえ》の話《はなし》だ）。ここにもハーパーとテオの姿《すがた》はなかったが、ミス・ミネルヴァがいた。ミネルヴァは床《ゆか》にあぐらをかいて座《すわ》り、目《め》を閉《と》じていた。そのくるくるの髪《かみ》の毛《け》、うで、肩《かた》、それに飲《の》みかけのコーヒーマグにまで、チョウがとまっている。

「**ミス・ミネルヴァ**、だいじょうぶですか？」ジョディが声《こえ》をかけた。

ミネルヴァがおどろいてビクッとすると、チョウチョウたちもびっくりして飛《と》びたった。「もう、ジョディ！　おどかさないでよ。瞑想《めいそう》してたんだから。わたしは青組《あおぐみ》なの。ほら、スポーツでは、**ゾーン**に入《はい》らないとダメっていうでしょ？」

「ゾーンに入《はい》る」なんてことば、聞《き》いたことがないし、瞑想《めいそう》が運動会《うんどうかい》となんの関係《かんけい》があるのかもわからない！　でも、ジョディはなに

瞑想《めいそう》
目《め》を閉《と》じ、心《こころ》を静《しず》かにして、なにも考《かんが》えないでリラックスすること。

ゾーン
心《こころ》と体《からだ》のバランスがとれていて、集中力《しゅうちゅうりょく》が最高《さいこう》に高《たか》い状態《じょうたい》のこと。

もいわず、笑顔《えがお》のまま、ていねいにおじぎをすると、静《しず》かにドアを閉《し》めて部屋《へや》から出《で》ていった。

ジョディはようやく、校舎《こうしゃ》の前《まえ》の大《おお》きな木《き》の下《した》で**ハーパーとテオを見《み》つけた。**

ハーパー・ヒューストンはうれしそうにジョディにハグをした。「おはよう！　いまテオに新《あたら》しいシューズを見《み》せてもらってたの」

テオ・グレイソンは片足《かたあし》を上《あ》げて、ぴかぴかのシューズを見《み》せた。

「これは走《はし》るためだけにつくられたシューズなんだ。これをはけば、12パーセントも足《あし》が速《はや》くなるんだって！」

「わたしのはいてるのはふつうの靴《くつ》だけど、週末《しゅうまつ》に新《あたら》しいストレッチをいくつかやってみた。そのストレッチをすると、速《はや》く走《はし》れるよ

うになって、筋肉痛《きんにくつう》にもなりにくいんだって」とハーパー。
「**あれ？　モーガンは？**　モーガンもちゃんと週末《しゅうまつ》に練習《れんしゅう》したのかな。リレーのチームが勝《か》てるかどうかは、チーム全員《ぜんいん》の足《あし》の速《はや》さで決《き》まるんだからね」テオがいった。
「その話《はなし》をしにきたんだ」とジョディがこたえた。モーガン、ハーパー、テオは青組《あおぐみ》としてリレーに出《で》るので、３人《にん》は順番《じゅんばん》に走《はし》らなくてはならない。ハーパーとテオは**モーガン**に期待《きたい》していた。

それなのに、大《おお》きな問題《もんだい》が起《お》こっていたのだ。

「おはよう、みんな。遅《おく》れてごめん」

ジョディはすぐにそれがモーガンの声《こえ》だとわかった。そして、ハーパーとテオの表情《ひょうじょう》に気《き》がついた。

ハーパーは目《め》を丸《まる》くしている。

テオも心配《しんぱい》そうな顔《かお》だ。

モーガンはイライラしたようすで、のろのろやってきた。というのも、2本《ほん》の松葉《まつば》づえをついているので、よたよたとしか歩《ある》けないからだ。片方《かたほう》の足首《あしくび》がしっかりと固定《こてい》されている。

「モーガン、その足《あし》！」ハーパーがいった。

「いったい、どうしたんだ？」とテオ。

「やっちゃったんだ……。でも、心配《しんぱい》ない。**ちょっとくじいただけ**。

見《み》た目《め》ほどひどくないから」モーガンは答《こた》えた。

そういわれても、安心《あんしん》できるわけがない。ジョディはひやひやだった。モーガンは、松葉《まつば》づえでなんとかバランスをとろうとしているものの、いまにも転《ころ》びそうだ。

「お医者《いしゃ》さんに安静《あんせい》にしてるようにっていわれたでしょ？　今週《こんしゅう》は家《いえ》で休《やす》むんだと思《おも》ってたのに」とジョディ。

「じゃあ、運動会《うんどうかい》を休《やす》むことになるじゃないか。**じょうだんじゃない**」

モーガンがいいかえす。

「ちょっとちょっと、もしかして、リレーに出《で》るつもりかい？」

とテオ。

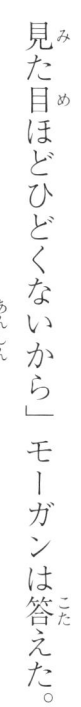

「モーガン、それはさすがにむちゃじゃないの」ハーパーもいった。

「運動会《うんどうかい》までにはよくなるよ。だいじょうぶさ」

ところが、そういいながらモーガンはよろけて、転《ころ》びそうになった。

ジョディはあわててモーガンを支《ささ》えた。

大変《たいへん》なことになりそう。ジョディは思《おも》った。

第《だい》2章《しょう》

ぶきみなシーンには、青《あお》い炎《ほのお》がぴったり！
マシュマロを焼《や》くのには向《む》いてないけどね！

モーガンはカクカクした足《あし》を一歩《いっぽ》ずつ踏《ふ》みだしていった。ここは、VRゴーグルの力《ちから》を借《か》りて、現実《げんじつ》みたいにリアルになったマインクラフトの世界《せかい》。**マインクラフトの中《なか》では、足《あし》をケガしていてもなんの問題《もんだい》もない。**大《だい》すきなゲームの中《なか》にいるあいだは、ケガのことを心配《しんぱい》しなくてもいいので、モーガンはほっとした。

とはいえ、ここにはべつの問題《もんだい》がある。

仲間《なかま》たちは、以前《いぜん》は敵《てき》、でもいまは友《とも》だちとなったエヴォーカー・キングを助《たす》ける方法《ほうほう》を探《さが》していた。人工知能《じんこうちのう》であるエヴォーカー・

キング（デジタル生命体《せいめいたい》）が、どういうわけか、ばらばらになってしまったからだ。これまでに仲間《なかま》たちは、4回《かい》にわたってエヴォーカー・キングのパーツを取《と》りもどしていた。4回《かい》とも、デジタルのチョウチョウが行《ゆ》き先《さき》を案内《あんない》してくれた。通常《つうじょう》のマインクラフトにはチョウは存在《そんざい》しないので、**チョウはまちがいなく手《て》がかりになる**。モーガンならそのことをわかっているだろう。実際《じっさい》にモーガンには、マインクラフトのことならなんでも知《し》っている自信《じしん》があった。

まっ黒《くろ》な黒曜石《こくようせき》でできた長方形《ちょうほうけい》のポータルのまわりを、チョウが何羽《なんわ》か飛《と》んでいた。4×5ブロックでできたポータルは、マインクラフトの中《なか》のべつの次元《じげん》とつながっている。紫色《むらさきいろ》にあやしく光《ひか》り、この中《なか》に入《はい》れ、とさそっているかのようだ。仲間《なかま》たちはそのポータルを通《とお》りぬけるつもりでいたが、モーガンだけはまだ迷《まよ》っていた。

「**持《も》ち物《もの》をチェックしよう**。必要《ひつよう》なものがちゃんとそろってるか、確認《かくにん》するんだ」モーガンが提案《ていあん》した。

「そんなのむりじゃない？　なにが必要《ひつよう》かもわからないのに、どうやって確認《かくにん》するの？」

ハーパーがいいかえす。

「ネザーでなにが起《お》きようと、なんとかなるって。これまでもそうしてきたじゃないか。だろ？」ポーがいった。

きょうのポーのア

バターは、トーガを着《き》て、頭《あたま》には月桂樹《げっけいじゅ》の冠《かんむり》をつけている。

「それに、ぼやぼやしてると手遅《ておく》れになるぞ。**キズが空《そら》いっぱいに広《ひろ》がりそうだ**」テオはそういって頭上《ずじょう》をさした。そこでは、オーバーワールドの空《そら》の一部《いちぶ》が暗《くら》くうずをまくピクセル状《じょう》に変《か》わり、稲妻《いなずま》がぴかっと光《ひか》っていた。

「モーガン、どうしたの？　いつもならまっ先《さき》に危険《きけん》に飛《と》びこんでいくのに」とジョディ。

「オーバーワールドならともかく、**ネザーはべつだよ**」モーガンが答《こた》える。

「ネザーには、エヴォーカー・キングを敵《てき》だと思《おも》ってたころに行《い》ったことがあるじゃない。忘《わす》れたの？」ジョディがいいかえした。

モーガンは首《くび》を振《ふ》った。「そのあとにアップデートされたんだ。もうあのときのネザー**じゃない**。**もっと危険《きけん》な場所《ばしょ》になったんだよ**」

トーガ
古代《こだい》ローマ市民《しみん》が着《き》ていたゆったりとした衣《い》服《ふく》。

「ふーん、でもわたしたち、ラッキーだね。マインクラフトの**名人**《めいじん》に案内《あんない》してもらえるんだから」そういうと、ジョディはモーガンの肩《かた》に手《て》を置《お》いた。

モーガンはにこりとしたものの、気《き》分《ぶん》はしずみこんでいた。**もちろん、モーガンはネザーについていろいろ読《よ》んだことがあり**、実際《じっさい》に何度《なんど》も訪《おとず》れたことがある。けれども、児童会長選挙《じどうかいちょうせんきょ》、ハチにまつわる問題《もんだい》、ジョディのペットの散歩屋《さんぽや》さんでのトラブルなど、ここのところいそがしかったため、しばらくネザーには来《き》ていなかったのだ。

児童会長選挙《じどうかいちょうせんきょ》～散歩《さんぽ》屋《や》さんでのトラブル

ポーの児童会長選挙《じどうかいちょうせんきょ》への立候補《りっこうほ》については『マインクラフト モブのたくらみ 「石《いし》の剣《けん》のものがたりシリーズ②」』を、学校《がっこう》で飼《か》っているハチの問題《もんだい》については『マインクラフト ハチのなんもん 「石《いし》の剣《けん》のものがたりシリーズ④」』、ペットの散歩屋《さんぽや》さんとなったジョディについては『マインクラフト ペットをすくえ! 「石《いし》の剣《けん》のものがたりシリーズ③」』をそれぞれ参照《さんしょう》。

それに、いくらモーガンが、自分《じぶん》はだれよりもマインクラフトにくわしいと思《おも》っていても、ネザーをかんぺきにマスターしているわけではない。だから、たよられたとしても、なにかトラブルが起《お》こるかもしれない。でも、このときのモーガンは、そのことをみんなに伝《つた》えてもしかたないと思《おも》っていた。そこで、モーガンはオホンとのどを鳴《な》らしていった。

「よし、気《き》をつけよう。**ここから先《さき》は危険《きけん》なことがたくさんありそうだからな……」**

「なんとかなるよ」ポーがきっぱりといいかえす。

「みんなで力《ちから》を合《あ》わせればね」ハーパーが続《つづ》けた。

「きっとだいじょうぶさ」テオも同《おな》じ意見《いけん》だ。

モーガンはうなずいたが、頭《あたま》の中《なか》はべつのことでいっぱいだった。

頭上《ずじょう》の空《そら》のキズでは雷《かみなり》がゴロゴロと鳴《な》り、おかしな風《かぜ》が強《つよ》く吹《ふ》いてきて、ピクセル状《じょう》の草《くさ》や葉《は》をゆらしている。なにかがおかしい。**マインクラフトの世界《せかい》では風《かぜ》は吹《ふ》かないはずだ……。エヴォーカー・キングがばらばらになったときにゲームのコードがおかしくなった。**そうしてできたのが空《そら》のキズだ。そのキズのせいで、マインクラフトの中《なか》では予想《よそう》もつかない変化《へんか》が起《お》こり、とんでもないことになっていたのだ。

モーガンは前《まえ》からマインクラフトが大《だい》すきだったが、ドク・カルペッパーが、現実《げんじつ》と同《おな》じようにゲームを体験《たいけん》できるＶＲゴーグルを発明《はつめい》してからというもの、もっとすきになった。このバージョンのマインクラフトをプレイできるのは、モーガンたちだけだが、思《おも》いかえしてみると、最初《さいしょ》から少《すこ》しおかしなところがあった。空《そら》のキズのせいで、マインクラフトができなくなってしまったらどうしよう……。

「わかったよ。でもネザーでは、みんなでかたまっていっしょにいよう。なにがあっても、だれかを置《お》いていったりしないこと」

モーガンはそういうと、息《いき》をとめてポータルの向《む》こう側《がわ》に足《あし》を踏《ふ》みだした。戦《たたか》う準備《じゅんび》ばんたんだ。それなのに、ポータルを通《とお》りぬけた先《さき》は平和《へいわ》そのものだった。仲間《なかま》たちは、おかしな青緑色《あおみどりいろ》の森《もり》の中《なか》の空《あ》き地《ち》にいた。あたりは、背《せ》の高《たか》い木《き》が立《た》ち並《なら》び、ツルが生《お》い茂《しげ》っている。だれがつくったのかはわからないが、キャンプ場《じょう》があり、たき火《び》をぐるりと囲《かこ》む財宝《ざいほう》チェストもあった。青《あお》みがかったぶきみな炎《ほのお》がゆれ、そのそばにアイアンゴーレムがじっと立《た》っていた。

「まるでキャンプ場《じょう》みたい。あのゴーレムがここを守《まも》ってるのかな？」とジョディ。

「安全《あんぜん》ってわかるまでは、財宝《ざいほう》チェストは開《あ》けないでおきましょう」ハーパーが答《こた》えた。

「おっと」すぐそばの財宝《ざいほう》チェストに手《て》をのばしていたポーが声《こえ》を上《あ》げた。

「あんな色《いろ》のゴーレム、見《み》たことないよ」テオもいった。

モーガンはゴーレムをじっと見《み》つめた。**うす暗《ぐら》いネザーでは、青《あお》い炎《ほのお》のせいでなにもかもが少《すこ》しちがって見《み》えるので、すぐには気《き》づ**

かなかった。だが、テオのいうとおりだ。はじめはアイアンゴーレムだと思《おも》ったが、だとしたら鉄《てつ》の防具《ぼうぐ》のように薄《うす》いグレーのはずなのに、このゴーレムの色《いろ》はもっと濃《こ》い。

「あれは……ネザライトか？」

モーガンがつぶやくと、おどろいたことに答《こた》えが返《かえ》ってきた！

「そうだ」ゴーレムはそう答《こた》えると、モーガンとその仲間《なかま》たちをじっと見《み》た。「**そろそろ来《く》るころだと思《おも》ってた**。ずっと待《ま》ってたんだ。**じゃあ、始《はじ》めようか**」

第《だい》3章《しょう》

ゴーレムがしゃべった！　話題《わだい》は天気《てんき》について？　それとも、友情《ゆうじょう》とスキルの限界《げんかい》を試《ため》すような挑戦《ちょうせん》について？

ゴーレムの声《こえ》に、考《かんが》えるより早《はや》くモーガンの体《からだ》が反応《はんのう》した。ネザーに足《あし》を踏《ふ》み入《い》れたとたん、悪《わる》いことが起《お》こるのではないか。そう思《おも》っていた**モーガンは、ネザーに来《き》てすぐに剣《けん》をかまえ、**ぴりぴりしていた。そんなとき、危険《きけん》そうなゴーレムがしゃべったのだ。

モーガンはびっくりして、ゴーレムに剣《けん》で切《き》りかかった。手《て》にしていたのは、マインクラフトで最《もっと》も強力《きょうりょく》な武器《ぶき》、ダイヤモンドの剣《けん》だ。

でも、ゴーレムにはまったくダメージを与《あた》えられなかったようだ。

「**おやおや、そんなまねはよしたまえ**」とゴーレム。

「なん……だって?」モーガンは少《すこ》しひるんだ。ダイヤモンドの剣《けん》による攻撃《こうげき》がまったくきいていないのだ。

「モーガン、剣《けん》をしまってよ!」ジョディがさけんだ。「ゴーレムをまっぷたつにしちゃうところだったじゃない!」

「**ネザライトはダイヤモンドよりずっとかたいのよ**。それに、ものすごくレアなの。ネザライトでできたゴーレムなんてはじめ

て見《み》た」ハーパーが説明《せつめい》した。

「そりゃそうだ。ふつうのマインクラフトにはいないからね」とテオ。

ポーは目《め》を丸《まる》くして、ゴーレムのほうをおそるおそる見《み》た。「**きみは、ぼくらが探《さが》してる、エヴォーカー・キングの一部《いちぶ》だよね？**」

ポーのいうとおりにちがいない。ばらばらになり、6種類《しゅるい》のモブの姿《すがた》に変《か》わったエヴォーカー・キングだが、これまで、そのモブたちはふしぎな力《ちから》と個性《こせい》を持《も》っていた。とはいえ、どのモブもマインクラフトのふつうのキャラクターだった。このゴーレムも同《おな》じタイプのようだ。

「**そのとおりだ**」ゴーレムの低《ひく》い声《こえ》が、どっしりした胸《むね》から聞《き》こえた。

「エヴォーカー・キングがたおれたとき、その場所《ばしょ》にわたしときょうだいたちがあらわれた。そして、きみたちが……」

「エヴォーカー・キングをもとにもどしたいんだ」テオが割《わ》って

入《はい》った。

「あなたと〝きょうだいたち〟をひとつにすることでね」ハーパーが説明《せつめい》をくわえる。

「**家族《かぞく》が集《あつ》まるみたいに**」ジョディもいった。

「きみたちがしていること、いや、きみたちが**やろうとしていること**は知《し》っている。だが、うまくいくかな？」とゴーレム。

「そう思《おも》うなら、手伝《てつだ》ってよ」ジョディがうったえた。

「そうさ！　**そうすれば、気分《きぶん》もリフレッシュできるよ**」

ポーもいう。

ゴーレムは赤《あか》くかがやく目《め》で仲間《なかま》たちを見《み》わたした。とくにモーガンをじっと見《み》ているようだった。

「**きみたちが求《もと》めているものをあげよう**。わたしはもう一度《いちど》、きょうだいたちとひとつになる」ゴーレムがいった。

「やった！」ポーが声《こえ》を上《あ》げた。

「ただし、**まずは**……きみたちの力《ちから》をテストさせてもらう」ゴーレムはさらにいった。

すると、ポーが悲鳴《ひめい》を上《あ》げた。ゴーレムはふしぎそうに首《くび》をかしげる。「どうしたんだ？」

「気《き》にしないで。**ポーは大《おお》げさなだけだから**」とジョディ。

「テストってことばが大《だい》きらいなの」ハーパーが説明《せつめい》する。

「**テストなんてこわくないぞ**」モーガンはゴーレムにいどむように、胸《むね》をはって、あごを上《あ》げた。目《め》の前《まえ》にそびえ立《た》つゴーレムに、こわがっている姿《すがた》など見《み》せたくない。「ぼくらを試《ため》そうっていうのか？　あのウィッチやハチの群《む》れみたいに？」

「ぶきみな洞窟《どうくつ》グモもいた」ジョディがふるえながらいった。

「エンダーモンスターもね！」とテオ。

「まったく、最近《さいきん》はおかしなことばかり起《お》きてるんだよな」ポーがブロックのような手《て》で、カクカクしたあごをかいた。

「ぼくらは負《ま》けない。**あらゆる困難《こんなん》を乗《の》りこえて、どんな問題《もんだい》も解《かい》決《けつ》してきたんだ**。なにが起《お》きてもへっちゃらさ」モーガンがゴーレ

ウィッチ、ハチの群《む》れ、洞窟《どうくつ》グモ、エンダーモンスター
これまでの「石《いし》の剣《けん》のものがたり」シリーズで相手《あいて》にしてきたモブたち。シリーズのそれぞれの巻《かん》を参照《さんしょう》。

ムにいった。

ゴーレムには口《くち》がない。それなのに、ゴーレムはあごを上《あ》げて……声《こえ》を立《た》てて笑《わら》ったのだ。

モーガンは顔《かお》をしかめた。「なにがそんなにおかしいんだ？」

「きみのいうとおりだ。**いままで、きみたちはどんな困難《こんなん》も乗《の》りこえてきた……一丸《いちがん》となって**」ゴーレムの目《め》が、青《あお》いたき火《び》に照《て》らされてチカチカ光《ひか》っている。「きみたちは力《ちから》を合《あ》わせることができるようになった。でも今回《こんかい》は……ひとりずつ試《ため》させてもらう」

そういうと、ゴーレムは青《あお》みがかったグレーの大《おお》きなうでを振《ふ》りかざした。

「明日《あした》、きみたちのうちの**ひとりだけ、その力《ちから》を試《ため》させてもらおう**」

ゴーレムは5人《にん》の前《まえ》で、ブロックのようなうでを振《ふ》った。

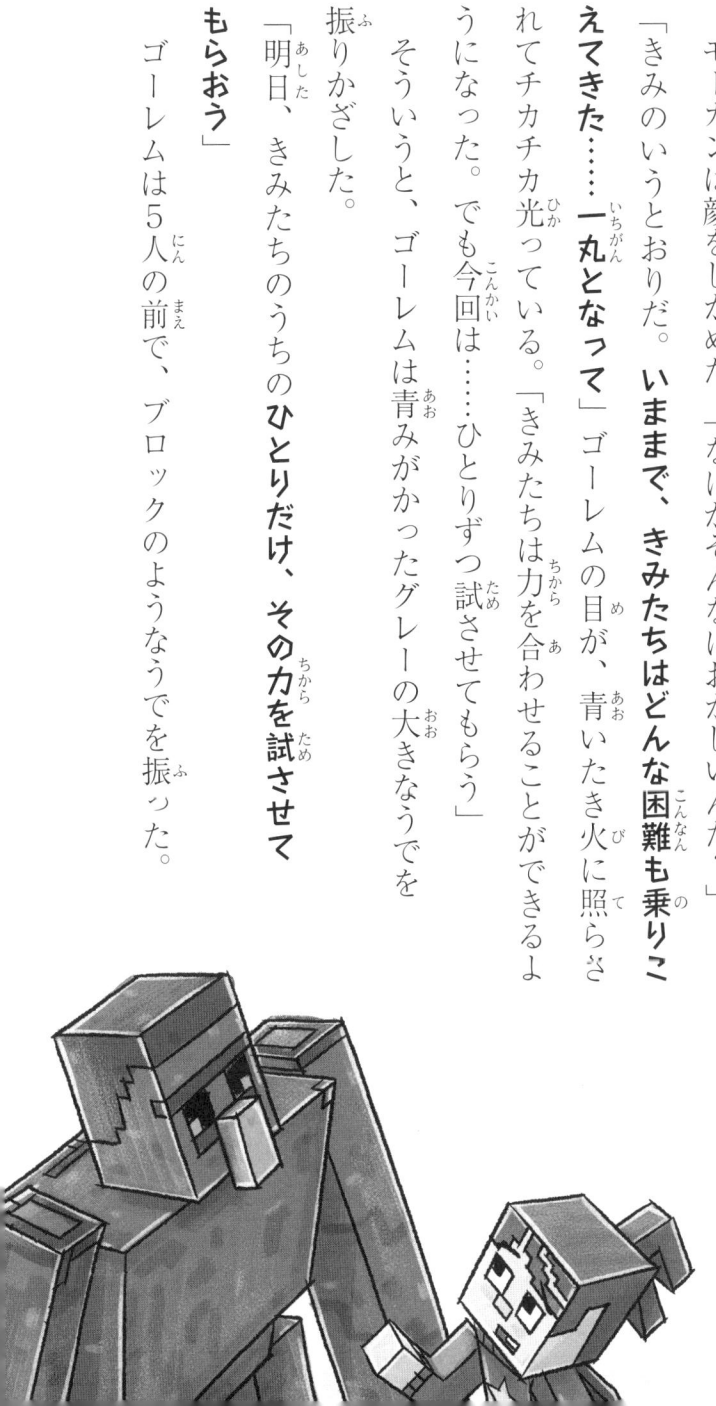

すると、目《め》の前《まえ》が紫《むらさき》色《いろ》につつまれた。モーガンが目《め》を閉《と》じ、また目《め》を開《あ》けると……。

なんと現実世界《げんじつせかい》にもどっていた。仲間《なかま》たちは、ドクのつくった特《とく》別《べつ》なＶＲゴーグルをつけて、**ストーンソード図書館《としょかん》のコンピューターコーナーにいた。**

モーガンはあたりを見《み》まわした。仲間《なかま》たちがゴーグルを外《はず》していた。みんなおどろいているようだ。

「なにが起《お》きたんだ？」とモーガン。

ハーパーが首《くび》を振《ふ》った。「ありえないわ。でも、どうやら――」

テオが口《くち》をはさんだ。「**きっと、ネザライトのゴーレムが、ぼくらをマインクラフトの世界《せかい》から追《お》いだしちゃったんだよ！**」

第《だい》4章《しょう》

ピグリンをチームのマスコットに⁉
ハムスターのほうがかわいいよ！

モーガンはなにが起《お》きたのか、知《し》りたかった。それなら、テオに聞《き》くのがいちばんいい。

「いったいどうなってるんだ、テオ。**どうすればまた同《おな》じことが起《お》きないようにできる？**」

「そんなこと、ぼくに聞《き》かれても……」テオは口《くち》ごもる。

「でも、テオはこのチームのプログラマーだろ？　ぼくらの中《なか》でいちばんコンピューターにくわしいじゃないか」モーガンがくいさがった。

「まだまだ勉強中《べんきょうちゅう》だよ。それに、このゴーグルはものすごいハイテクなんだ」テオはＶＲゴーグルをかかげた。「発明《はつめい》したドクにだって、しくみがよくわかってない！」

「テオ、細《こま》かいことはいいから、**なにか思《おも》いつくこと**があったら、わたしたちに教《おし》えて」そういうと、ハーパーはテオの肩《かた》に手《て》を置《お》いて、力《ちから》をこめた。

テオは指《ゆび》で髪《かみ》をなでつける。「えっと、みんなも知《し》ってると思《おも》うけど、ぼくはゲームのコードをずっと注意《ちゅうい》して見《み》はってる。**エヴォーカー・キングが石《いし》になってからコードが何行《なんぎょう》かなくなったせいで、マインクラフトの世界《せかい》の空《そら》にキズができたんだ**」

「そうだよ。だからこそ、エヴォーカー・キングをもとにもどそうとしてるんだろ？　**そうすれば、キズもなおるんじゃないかってね**」

とポー。

「だけど、そういう話《はなし》をしてるあいだにも、キズはどんどん大《おお》きくなってる。ほかのコードまでおかしくなってきてるんだ。ゲーム全《ぜん》体《たい》が変《か》わっていってるみたいにね」テオは肩《かた》をすくめた。「たぶん、ネザライトのゴーレムは、**その変化《へんか》**をうまく利用《りよう》できるんじゃないかなあ。理由《りゆう》はわからないけど、あのゴーレムには、ゲームの変化《へんか》をコントロールする力《ちから》があるんだ。MOD《モッド》のようにコードをいじってゲームを変《か》えられる……ゲームの中《なか》からリアルタイムで」

「**わたしたちのだれかをテストするときに、ゴーレムがずるいことをしなきゃいいけど**」とハーパー。

「なんでテストされなくちゃいけないんだ」ポーは不満《ふまん》そうだ。

「なあ、テストってことは……あらかじめ勉強《べんきょう》しておけばいいってことじゃないか」モーガンがにやりと笑《わら》った。「あれこれ調《しら》べておけばいいよ」

MOD《モッド》
ユーザーがつくった改《かい》造《ぞう》ゲームデータ。マインクラフトにはさまざまなMOD《モッド》がある。

つぎの日《ひ》の体育《たいいく》の時間《じかん》、生徒《せいと》はみんな、今度《こんど》の運動会《うんどうかい》に向《む》けてすきなように練習《れんしゅう》することができた。そこで、ハーパーとテオは校庭《こうてい》を走《はし》り、ポーはバスケットボールのシュートをし、ジョディは円盤《えんばん》投《な》げをした。

モーガンはずっと観客席《かんきゃくせき》に座《すわ》っていた。**マインクラフトについて調《しら》べなくちゃいけないことが山《やま》ほどあるので、ちょうどよかった。**

前日《ぜんじつ》の夜《よる》、モーガンはネザーについての情報《じょうほう》をタブレットに入《い》れておいた。**ゴーレムのテストにそなえるためだ。**はたしてこれでテストの準備《じゅんび》はだいじょうぶだろうか?

ネザーに新《あたら》しいバイオームがアップデートされてからというもの、モーガンはネザーには数《かぞ》えるほどしか行《い》ったことがない。家《いえ》でひと

りでプレイしているとき、迷《まよ》いすぎてもうだめかと思《おも》うことがあった。炎《ほのお》におどろいて高《たか》いところから落《お》ち、死《し》んでしまったこともある。

もちろん、通常《つうじょう》のマインクラフトでは、HP（体力《たいりょく》）がなくなってもリスポーンできる。でも、モーガンはネザーで死《し》んだときに、すばらしい持《も》ち物《もの》をすべてなくしてしまった。それ以来《いらい》、モーガンはネザーを訪《おとず》れていなかった。

しかし、今回《こんかい》はネザーに行《い》くしかない。**だがもし、エヴォーカー・キング**

が生《う》まれたおかしなバージョンのマインクラフトの中《なか》でHPがなくなったら、どうなるのだろう？

「さぼってるのかい？」その声《こえ》にモーガンが顔《かお》を上《あ》げると、そこにメディアの専門家《せんもんか》、マロリーさんがいた。「しかってるわけじゃないよ。ぼくもスポーツより読書《どくしょ》のほうがすきだからね」

　モーガンはケガをしている足《あし》を見《み》せた。「ケガのせいです。週末《しゅうまつ》に木登《きのぼ》りしてたケガをしたので、安静《あんせい》にしてなくちゃいけないんです」モーガンはしばらく考《かんが》えこんでから続《つづ》けた。「っていうか、木《き》に登《のぼ》ってケガをしたんじゃなくて、木《き》から**落《お》っこちた**せいですけどね」

「だから、ぼくは運動《うんどう》よりも**読書《どくしょ》のほうがすき**なんだよ」

マロリーさんは顔《かお》をしかめてそういうと、モーガンのタブレットの画面《がめん》をちらっとのぞいた。「そんな本《ほん》を読《よ》んでると、悪《わる》い夢《ゆめ》を見《み》そうだけどね。それはブタ男《おとこ》かい？」

「**ピグリン**。マインクラフトのキャラクターです」モーガンが答《こた》えた。

「やっぱりそうか。ずいぶん真剣《しんけん》に取《と》りくんでるんだね」とマロリーさん。

モーガンは肩《かた》をすくめた。「**ぼくはチームの一員《いちいん》**なので。仲間《なかま》たちは、ぼくがマインクラフトについてなんでも知《し》ってるって思《おも》ってるんです」

「ずいぶんとプレッシャーがかかってるみたいだけど、自分《じぶん》で自分《じぶん》を追《お》いこんでるんじゃないのかな？」とマロリーさん。

モーガンには、マロリーさんがいったことの意味《いみ》がよくわからなかった。どういうことなのかを聞《き》こうとしたとき、ミス・ミネルヴァの声《こえ》が聞《き》こえてきた。

「ここにいたのね、マロリー！　**たのんだ本《ほん》、持《も》ってきてくれた？**」

こちらにやってくるミネルヴァに向《む》かって、マロリーさんはほほえんだ。「そのために来《き》たんですよ」

「がっかりだね！」べつの方向《ほうこう》から、ドクがあわててやってくる。

「**ハムスターを連《つ》れてきてくれたと思《おも》ったのに！**」

「それも持《も》ってきましたよ。**どちらかの組《くみ》だけを応援《おうえん》するつもりはないんでね**」

マロリーさん、ミネルヴァ、ドクが並《なら》んだ。モーガンは3人《にん》の服《ふく》の色《いろ》に気《き》がついた。ミネルヴァはチームカラーの青《あお》、ドクは赤《あか》、マロリーさんは**紫**《むらさき》だ。赤《あか》と青《あお》を混《ま》ぜると、紫《むらさき》になる。

「**まだ中立**《ちゅうりつ》**でいる気**《き》**？**」ミネルヴァは不満《ふまん》そうにいった。

「かわいそうに！　運動会《うんどうかい》の日《ひ》に、わたしのハイテクマッサージチェアを使《つか》えるのは、赤組《あかぐみ》を応援《おうえん》する人《ひと》だけなのにね」とドク。

ミス・ミネルヴァがむっとしていった。「そんなチェアに座《すわ》ったら、振動《しんどう》で歯《は》のつめものがとれちゃいそうだわ」

マロリーさんはだまったまま、観客席《かんきゃくせき》にリュックサックを置《お》いて、ファスナーを開《あ》けた。そして、中《なか》からミネルヴァにたのまれた何冊《なんさつ》かの本《ほん》を取《と》りだした。どれも運動《うんどう》や栄養《えいよう》についての本《ほん》だ。

「**知識**《ちしき》**が勝利**《しょうり》**をもたらすのよ！**」ミネルヴァはそういうと、そそくさと立《た》ち去《さ》った。

マロリーさんがつぎに取《と》りだしたのは、小《ちい》さなケージだった。ケー

ジの中《なか》には、図書館《としょかん》で飼《か》っているハムスター、ディンプルズ公爵夫《こうしゃくふ》人《じん》がいる。

「これで、どちらの組《くみ》にもハムスターのマスコットがいることになるから、公平《こうへい》だね！」ドクはハムスターのケージをつかむと、校舎《こうしゃ》の方向《ほうこう》に走《はし》っていった。

マロリーさんは首《くび》を振《ふ》った。「ほらね？　スポーツのせいで人《ひと》はおかしくなるんだ。運動会《うんどうかい》に参加《さんか》しないですむなら、きみはラッキーだよ」

すると、モーガンは顔《かお》をまっ赤《か》にしていいかえした。「**運動会《うんどうかい》には参加《さんか》します**。それまでにケガはなおりますから」

マロリーさんは、モーガンのケガした足《あし》をちらりと見《み》た。「だといいね。早《はや》くよくなりますように」そういうと、マロリーさんは図書《としょ》館《かん》に帰《かえ》っていった。そこにハーパーとテオがやってきた。

モーガンはあわててタブレットをかくした。ネザーについて調《しら》べていることを仲間《なかま》たちに知《し》られたくなかったのだ。とくにテオには気《き》づかれたくない。**テオはモーガンと同《おな》じくらいマインクラフトにくわしい**ので、モーガンはときどき、むきになった。2人《ふたり》は仲間《なかま》なのに、競《きそ》いあっているみたいだった。

「**あれってディンプルズ公爵夫人《こうしゃくふじん》？**　どうして学校《がっこう》にいるの？」とハーパー。

「赤組《あかぐみ》を応援《おうえん》するためじゃないかな」モーガンがそっけなく答《こた》える。

「**運動会《うんどうかい》といえば**、気《き》になってることがあるんだけど」テオが切《き》りだした。

モーガンはうでを組《く》んだ。「どんなこと？」

「ジョディと話《はな》したら、どう考《かんが》えてもモーガンは来週《らいしゅう》まで松葉《まつば》づえが必要《ひつよう》だっていってたよ」テオがいった。

「そんなのうそだ！　お医者《いしゃ》さんははっきりとはわからないっていってた。ケガがなおる早《はや》さは人《ひと》によってちがうって！」モーガンがいいかえす。

ハーパーはモーガンをなだめた。「わかってる。だからこそ、心配《しんぱい》してるの。時間《じかん》がかかっても、モーガンにはちゃんとなおしてほしいのよ。いまがんばりすぎると、ケガがひどくなっちゃうかもしれないでしょ」

「ミス・ミネルヴァに相談《そうだん》したら、参加《さんか》する種目《しゅもく》を変《か》えてもいいって。かわりのメンバーを見《み》つける必要《ひつよう》はあるけどね」テオがつけ足《た》した。

モーガンはあぜんとした。「ぼくをメンバーから**外《はず》す**気《き》か？　じょうだんじゃない！　ケガはなおるっていったじゃないか。もうずいぶんよくなってるんだ！」モーガンはハーパーをまっすぐ見《み》た。「**たのむから、ぼくを外《はず》さないでくれ**」

「うーん、まあ、モーガンがそういうなら」

ハーパーがしぶしぶいった。

「だいじょうぶだって。**ほんとだよ**」

モーガンはあえて冷静《れいせい》に、落《お》ちついた声《こえ》で、きっぱりといった。**でも、足《あし》だいじょうぶとはいったものの、首《くび》は少《すこ》し痛《いた》かった。**

第《だい》5章《しょう》

はてしなく広《ひろ》がるゲームのファンタジー世界《せかい》にも、ネザライトと同《おな》じようなものはないでしょ？

その日《ひ》の午後《ごご》、仲間《なかま》たちはネザーにもどった。ネザライトのゴーレムは、このあいだと同《おな》じ場所《ばしょ》に立《た》っていた。そばでは、ソウルたき火《び》が赤々《あかあか》と燃《も》えている。

「**挑戦《ちょうせん》する準備《じゅんび》はできてるぞ**」モーガンがいった。

ゴーレムの目《め》が暗《くら》くきらめいた。「よろしい。だれからやるかね？」

モーガンが前《まえ》に出《で》た。**自信《じしん》にあふれ、落《お》ちついて見《み》えるようにがんばってはみたが、なかなかむずかしい**。ゴーレムの体《からだ》はモーガンよりずっと大《おお》きく、うではどっしりとして肩幅《かたはば》は広《ひろ》く、暗《くら》い目《め》をしている。ネザライトでできた胴体《どうたい》には赤《あか》いツルがまきついていた。

「まずはぼくから。みんなでそう決《き》めたんだ」とモーガン。

みんなの意見《いけん》はほとんど同《おな》じだった。ただし、テオだけは自分《じぶん》がやるといった。ポーはスイートチークス男爵《だんしゃく》にやらせようといったが、ハムスターにはVRゴーグルは大《おお》きすぎる、とジョディに反対《はんたい》された。

ゴーレムが口《くち》を開《ひら》いた。「**けっこう。これからなにをしてもらうかを話《はな》すから、しっかり聞《き》くんだ**」

モーガンはうなずいた。

「ここから北《きた》に行《い》くと、砦《とりで》がある。その砦《とりで》の奥《おく》にチェストがある。そのチェストの中《なか》にはわたしのたいせつなアイ

テムが入《はい》っている。それを持《も》ってきてくれ。そうしたら、きみたちの勝《か》ちだ」

「それだけ？　**そのアイテムを取《と》ってくるだけでいいの？**」モーガンがたずねた。

「そうだ」ゴーレムの四角《しかく》い目《め》がきらりとかがやいた。「でも、あまり見《み》ないほうがいい。ネザーはかなり危険《きけん》なところだ。しかも、ひとりきりで立《た》ちむかわなければならない」

「**モーガンが失敗《しっぱい》したらどうなるんだ？**」テオがたずねた。

「テオ！　少《すこ》しはモーガンを信用《しんよう》したら？」ハーパーがテオをたしなめた。

「信用《しんよう》はしてるよ。でも大事《だいじ》なことだから、ちゃんと聞《き》いておかないと」とテオ。

「失敗《しっぱい》したら、つぎの人《ひと》が挑戦《ちょうせん》する。ひとりずつ順番《じゅんばん》にやっていくんだ。だれかがアイテムを取《と》ってくるか……**きみたち5人全員《にんぜんいん》が失敗《しっぱい》するまでね**」

「じゃあ、チャンスは5回《かい》あるんだね」テオがいった。

「5回《かい》もいらない。ぼくが取《と》ってくるから」モーガンがきっぱりといった。

「そうさ」ポーがはげました。

「まかせたよ！」とジョディ。

「ここにあるチェストには役《やく》に立《た》つアイテムがたくさん入《はい》っている。**どれでもすきなものを持《も》っていくといい**」ゴーレムがいった。

そういわれて、モーガンはわくわくした。いつだって、マインクラフトのチェストを開《あ》けて中身《なかみ》を見《み》るのは、誕生日《たんじょうび》プレゼントのラッピングをはがすときよりも胸《むね》がどきどきする。

それに、ゴーレムのチェストには、かなりたくさんのアイテムが入《はい》っていた。

「これは……ネザライトの防《ぼう》具《ぐ》だ。剣《けん》もあるぞ！　これだけのアイテムをつくれるほどのネザライトを集《あつ》めるには、とんでもなく時間《じかん》がかかるはずだ！」モーガンは歓声《かんせい》を上《あ》げた。

「**ネザライトってなんなの？**」ジョディが聞《き》いた。

「マインクラフトの中《なか》で、いちばん強力《きょうりょく》でがんじょうな材料《ざいりょう》だよ」モーガンは満《まん》

面《めん》の笑《え》みを浮《う》かべながら答《こた》えた。

「いちばん強《つよ》いのはダイヤモンドだと思《おも》ってた」とジョディ。

「前《まえ》はそうだった。でもアップデートされて、ネザライトが追加《ついか》されたんだ」テオが説明《せつめい》した。

「ついていけない！」**もうお手《て》あげといわんばかりに、ジョディは両手《りょうて》を上《あ》げる**。

「ネザライトのアイテムを持《も》ったぼくが無敵《むてき》だってわかればいいさ！」モーガンはにこにこしながら、身《み》につけていた防具《ぼうぐ》と新《あたら》しいネザライトの防具《ぼうぐ》を取《と》りかえようとした。

「ちょっと待《ま》って。それをぜんぶ身《み》につけるつもりかい？」テオがたずねた。

「あたりまえじゃないか」モーガンが答《こた》えた。

「でもさ……」**テオはハーパーを見《み》た**。

「えっと……テオのいいたいことはわかるわ。もし……モーガンが失敗《しっぱい》したら、つぎはだれかが行《い》かなきゃいけない。そのとき、わたしたちはネザライトの防具《ぼうぐ》なしでやらなきゃいけなくなるってことよね」とハーパー。

「ひとつだけにするのはどうかな？　そうすれば、残《のこ》ったぼくらもネザライトのアイテムを使《つか》えるし」テオが提案《ていあん》した。

「**そんなのだめだ**。いいアイテムを置《お》いていったら、成功《せいこう》する確率《かくりつ》が低《ひく》くなる。**ぼくの番《ばん》にすべてをかけたほうがいい**」モーガンはポーとジョディのほうを向《む》いた。「2人《ふたり》もそう思《おも》うだろ？」

ジョディはうなずいた。「おにいちゃんは無事《ぶじ》にもどってくるよ。**もどってきたら**、みんなでいっしょにネザライトのアイテムを使《つか》えばいいじゃない」

「ポーはどう思《おも》う？」モーガンが聞《き》く。

「ぼくに聞《き》かないでくれよ。**ぼくはスイートチークス男爵《だんしゃく》に行《い》ってもらおうと思《おも》ってたんだから！**」とポー。

モーガンは、これで話《はな》しあいを終《お》わらせようと思《おも》った。テオとハーパーが納得《なっとく》していなかったとしても、ゴーレムのたいせつなアイテムってやつを取《と》ってきてから、勝手《かって》に決《き》めたことを2人《ふたり》にあやまればいい。

「で、なにを探《さが》してくればいいんだ？　ここにあるチェストにはすばらしいアイテムがいっぱ

いなのに、なにが足《た》りないっていうんだ?」モーガンがゴーレムにたずねた。

「たいしたものには見《み》えないが……ものすごく価値《かち》のあるアイテムだ。それを取《と》ってきてくれたまえ、モーガン・メルカード」ゴーレムの目《め》がたき火《び》のあかりで、かすかに光《ひか》った。「失敗《しっぱい》したら……思《おも》ってるよりもずっとひどいことになるだろう」

第《だい》6章《しょう》

モーガン・メルカードはネザーでひとりぼっち！
あの防具《ぼうぐ》が必要《ひつよう》になるよ。
それから、かなり運《うん》がよくないとね！

ひとりきりのネザーの冒険《ぼうけん》は、順調《じゅんちょう》なスタートを切《き》った。

ネザライトの防具《ぼうぐ》に身《み》をつつんだモーガンは、自信《じしん》に満《み》ちあふれていた。というのも、モーガンは、ゴーレムのチェストから取《と》ったアイテム以外《いがい》にも、弓矢《ゆみや》、調理《ちょうり》された食《た》べ物《もの》、火《ひ》の玉《たま》から身《み》を守《まも》る盾《たて》、さまざまな効《き》き目《め》のあるポーションを持《も》っていたからだ。これだけあれば、ネザーでどんなことが起《お》きてもへっちゃらだろう。

まずモーガンの前《まえ》に立《た》ちはだかったのは、ゆがんだ森《もり》だった。この森《もり》を通《とお》りぬけなくてはならないのに、**エンダーマンがうじゃうじゃしている**。でも、心配《しんぱい》はいらない。モーガンはゴーレムのチェストから取《と》ってきたカボチャをかぶった。そうすれば、エンダーマンにおそわれずに進《すす》めるのだ。

もしこの挑戦《ちょうせん》がテストだとしたら、これまでのところ、モーガンは100点《てん》をとれそうだ。

森《もり》のはずれに着《つ》くと、けわしいがけが待《ま》っていた。モーガンは、ダイヤモンドのツルハシを使《つか》って楽々《らくらく》とがけに階段《かいだん》を掘《ほ》って、上《のぼ》っていく。

がけを上《のぼ》りきると、はっと息《いき》をのんだ。そこからは、はるか遠《とお》くまでネザーを見《み》わたせた。おぼえていたとおり、ネザーはぶきみだった。大《おお》きなモブが空中《くうちゅう》に浮《う》かんでいるが、そのモブにモーガンはまだ見《み》つかっていなかった。ネザーはブロックでおおわれているので、

空《そら》も太陽《たいよう》も星《ほし》も見《み》えない。**目《め》の前《まえ》に広《ひろ》がる溶《よう》岩《がん》の海《うみ》**は、ソウルサンドの岸辺《きしべ》まで続《つづ》いている。岸辺《きしべ》の先《さき》に、建物《たてもの》がひとつ、ぼんやりと見《み》えた。

砦《とりで》の遺跡《いせき》だ。あれが、ゴーレムのいっていた「砦《とりで》」だろう。**あそこに行《い》けば、取《と》ってくるアイテムが見《み》つかるはずだ**。まちがいない。

モーガンは振《ふ》りかえって、しばらくのあいだうしろを見《み》た。ゆがんだ森《もり》が広《ひろ》がっていた。森《もり》の向《む》こうでは、仲間《なかま》たちがモーガンの帰《かえ》りを待《ま》っている。仲間《なかま》たちの姿《すがた》は森《もり》にさえぎられて見《み》えないが、そこにいるはずだ。みんなをがっかりさせるわけにはいかない。

モーガンはがけを下《お》りた。**足《あし》もとの溶岩《ようがん》の海《うみ》**は、100ブロック以上先《いじょうさき》まで続《つづ》いている。溶岩《ようがん》の海《うみ》をわたる方法《ほうほう》を見《み》つけなくてはならない。

あるいは……溶岩《ようがん》の下《した》を進《すす》んでみるのはどうだろう？

危険《きけん》な方法《ほうほう》かもしれない。でも、どんな方法《ほうほう》を選《えら》んでも危《あぶ》ないのだ。少《すく》なくともトンネルを掘《ほ》って進《すす》めば、空《そら》を飛《と》んでいるモブには見《み》つからずにすむ。

モーガンは穴《あな》を掘《ほ》りはじめた。そして、地面《じめん》から20ブロック下《お》りると前《まえ》に進《すす》んだ。すぐに溶岩《ようがん》の下《した》あたりまで来《き》たが、そのままトンネルを掘《ほ》っていった。**前進《ぜんしん》してはたいまつを置《お》き**、何《なん》ブロック進《すす》んだのかを数《かぞ》えた。

いくらダイヤモンドのツルハシでも、使《つか》いすぎるとこわれてしまう。モーガンはツルハシの耐久度《たいきゅうど》ゲージをちらりと確認《かくにん》した。おそらく、そんなに長《なが》くはもたないだろう。トンネルを掘《ほ》って砦《とりで》までたどり着《つ》ければいいが、たぶんむりだ。そこでモーガンはさらに100ブロック進《すす》んでから、ななめ上《うえ》に向《む》かって掘《ほ》りはじめた。

すると、溶岩《ようがん》がふき出《だ》してきた！

100ブロック進《すす》んだくらいでは、まだ溶岩《ようがん》の海《うみ》をこえていなかったのだ。ふき出《だ》した溶岩《ようがん》がトンネルの中《なか》に押《お》しよせてきた。まるで、まっ赤《か》な熱《あつ》い手《て》がのびてくるように。溶岩《ようがん》にふれてしまったモーガンに、火《ひ》がついた。

モーガンはあわてて暗黒石《あんこくせき》のブロックを2つ置《お》いた。そのブロックがダムのかわりになって、溶岩《ようがん》を押《お》しとどめてくれる。だが、モーガンはまだ燃《も》えていた！

こうなることを、モーガンはどこかで予想《よそう》していた。ネザーには、火《ひ》に関係《かんけい》する危険《きけん》がたくさんあるからだ。**モーガンは持《も》ち物《もの》から耐《たい》**

火《か》のポーションを取《と》りだして、さっと飲《の》みほした。これでひとまず、火《ひ》が消《き》えるまでのあいだは安全《あんぜん》だろう。

このバージョンのマインクラフトでは、実《じっ》際《さい》にダメージを感《かん》じてしまう。溶岩《ようがん》や火《ひ》にふれると、いやな感《かん》じがした。でも、ポーションの効果《こうか》のおかげで、デジタルの皮《ひ》ふが冷《ひ》やされ、モーガンは回復《かいふく》した。

「**二度《にど》とこんなミスはしないぞ**」モーガンは思《おも》わずひとりごとをいった。思《おも》っていたよりもずっと仲間《なかま》が恋《こい》しかった。

モーガンはトンネルを横《よこ》に掘《ほ》りすすめ、溶《よう》岩《がん》のある場所《ばしょ》をまわり道《みち》していった。さらに

100ブロック数《かぞ》えてから、上《うえ》に向《む》かった。今度《こんど》はあらかじめ耐火《たいか》のポーションを飲《の》んでおいた。けれども、溶岩《ようがん》はふき出《だ》してこなかった。ネザーの空《そら》、つまり黒《くろ》い空間《くうかん》が見《み》えただけだ。

モーガンは地上《ちじょう》に飛《と》びだした。**ネザーでは、バイオームごとにさまざまな危険《きけん》がある。**自分《じぶん》がどこのバイオームにいるのか、すぐに調《しら》べないと。

そこに矢《や》が飛《と》んできて、モーガンにあたった。強力《きょうりょく》な防《ぼう》具《ぐ》を身《み》につけていても、矢《や》があたったとわかる。モーガンは逃《に》げだした。ところが**ちっとも前《まえ》に進《すす》まない**。足《あし》もとの砂《すな》が、どろどろのセメントのように足《あし》にからみついてきた。

ソウルサンド・バレーで、スケルトンに囲《かこ》まれてしまったのだ。

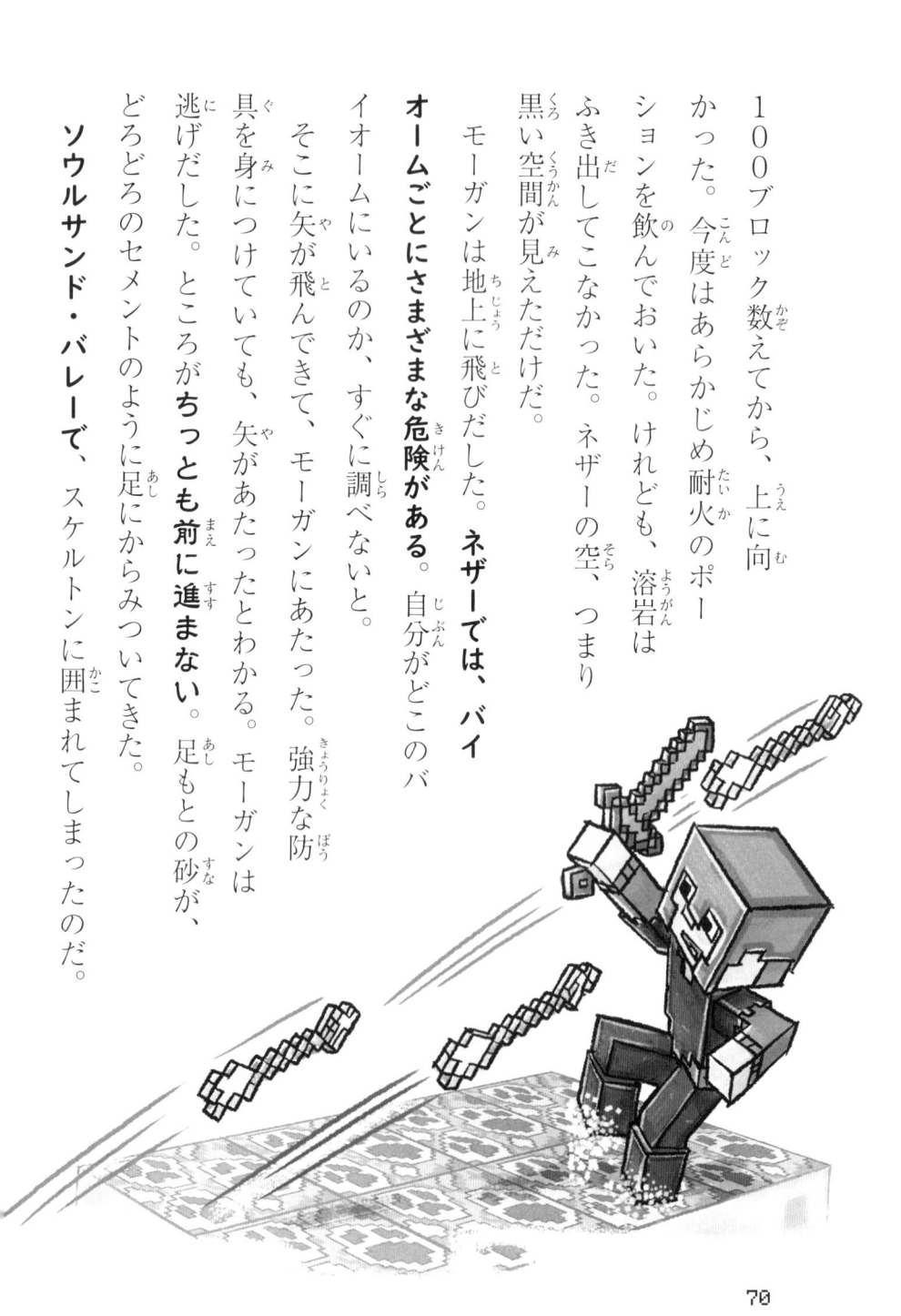

さらにたくさんの矢《や》が、モーガンに向《む》かって飛《と》んできた。
モーガンは剣《けん》を抜《ぬ》いた。**目的地《もくてきち》まではどうやら、長《なが》い道《みち》のりになりそうだ。**

ようやく砦《とりで》の遺跡《いせき》にたどり着《つ》いたとき、モーガンはへとへとだった。ここまでずっと戦《たたか》ってきたので、防具《ぼうぐ》も武器《ぶき》もいまにもこわれそうだ。ポーションも**食《た》べ物《もの》**も底《そこ》をつき、ＨＰは命《いのち》の危険《きけん》を感《かん》じるほど低《ひく》い。
そんないま、モーガンはいちばん必要《ひつよう》なアイテムを持《も》っていないことに気《き》づいた。**金《きん》だ。**
砦《とりで》の遺跡《いせき》には、ぞっとするほどぶきみなピグリンがうようよしている。もちろん、これまでにもピグリンに出《で》くわしたことはある。けれども、オーバーワールドのほかのモブと比《くら》べれば、そんなにしょっちゅうピグリンに会《あ》ったわけではない。

ピグリンに金《きん》をあげると、敵対的《てきたいてき》モブのはずのピグリンがしばらく友好的《ゆうこうてき》になる。ピグリンが金《きん》をすきだなんて！　モーガンには、そのことがとてもおもしろかった。

金《きん》の防具《ぼうぐ》を身《み》につけても、同《おな》じ効果《こうか》がある。ネザライトのゴーレムのチェストの中《なか》には、金《きん》のヘルメットもあった。それなのに、モーガンはネザライトのヘルメットのほうを選《えら》んでしまったのだ。

モーガンの身《み》につけているネザライトの防具《ぼうぐ》は、もうぼろぼろだった。

ピグリンに見《み》つからないよう、こっそり進《すす》もう。そうするのがいちばんだ。モーガンは透明化《とうめいか》のポーションを持《も》っていた……しかし、完全《かんぜん》に透明《とうめい》になるためには、防具《ぼうぐ》を外《はず》す必要《ひつよう》がある。**いくらぼろぼろとはいえ、**防具《ぼうぐ》をなにも身《み》につけないのはあまりに危険《きけん》な気《き》がした。

そこで、モーガンはしんちょうに進《すす》むことにした。かべのうしろにかくれては、頭《あたま》を低《ひく》くして、なんとかつぎのかべまで向《む》かった。砦《とりで》の中《なか》には身《み》をかくせる暗《くら》い場所《ばしょ》がたくさんある。ということは、モーガンからは見《み》えない場所《ばしょ》もいっぱいあるということだ。つまり、ピグリンがどこから出《で》てくるかわからない。**ピグリンに見《み》つからずにすむのだろうか？**

むりだった。見《み》つかってしまったのだ。モーガンを見《み》つけたピグリンは、ぞっとするようなブタの鳴《な》き声《ごえ》を上《あ》げた。

モーガンはネザライトの剣《けん》を振《ふ》りながら前進《ぜんしん》した。目《め》の前《まえ》のピグリンを攻撃《こうげき》して押《お》しかえしたものの、手遅《ておく》れだった。物音《ものおと》を聞《き》きつ

けたピグリンたちがわらわらと集《あつ》まってきたのだ。ピグリンたちは剣《けん》や斧《おの》をかかげて、モーガンにおそいかかってきた。

モーガンは大《おお》きく剣《けん》を振《ふ》った。

これだけたくさんのモブを、たったひとりで相手《あいて》にできるわけがない。せめて、ピグリンをけちらしながら、砦《とりで》を進《すす》んでいければいいのだけど。

そのとき、ピグリンの群《む》れのすきまから財宝《ざいほう》チェストがぽつんと置《お》いてあるのが見《み》えた。あと少《すこ》しだ。

でも、その〝あと少《すこ》し〟が遠《とお》い。1体《たい》のピグリンにうしろから攻撃《こうげき》されたモーガンは、反撃《はんげき》しようと振《ふ》りむいた。

すると、2体《たい》のピグリンから攻撃《こうげき》されてしまった。

いまや、何体《なんたい》ものピグリンがモーガンにむらがっている。

ピグリンの数《かず》が多《おお》すぎる。まるでピグリンの海《うみ》でおぼれそうになっているみたいだ。

モーガンはひざからくずれ落《お》ちた。

「**くそ！ 負《ま》けるもんか。負《ま》けるわけにはいかないんだ！**」

だが、だめだった。

モーガンは完全《かんぜん》にやられてしまい、気《き》を失《うしな》って地面《じめん》にたおれた。

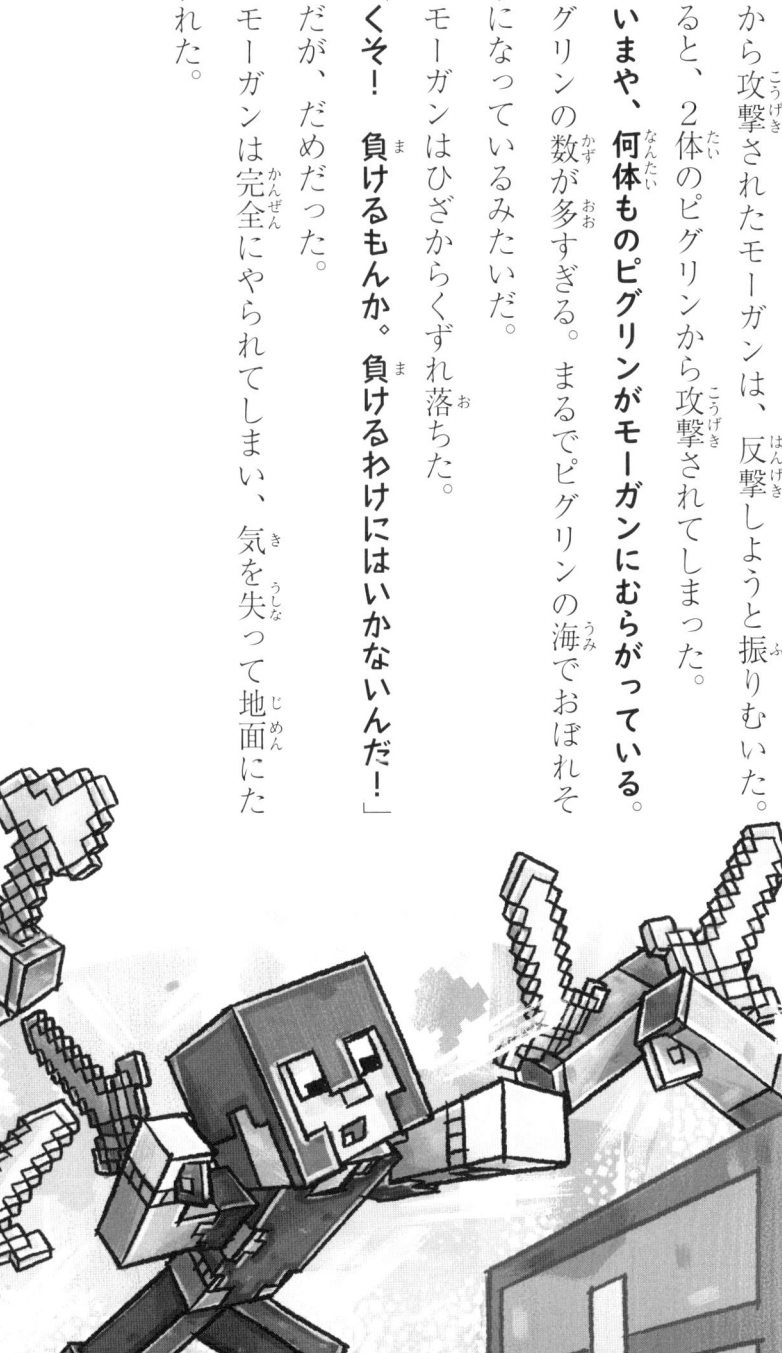

第《だい》7章《しょう》

こてんぱんにやられた。敗北《はいぼく》の苦《にが》い味《あじ》。野菜《やさい》よりもずっとまずい！

ジョディははっとした。さっきまで、マインクラフトの中《なか》で仲間《なかま》たちといっしょに、ぶきみな青《あお》い炎《ほのお》を見《み》ながらモーガンの帰《かえ》りを待《ま》っていたはずだ。

それなのに、つぎの瞬間《しゅんかん》、ジョディはストーンソード図書館《としょかん》のコンピューターコーナーにもどっていた。

テオはVRゴーグルを乱暴《らんぼう》に外《はず》した。「またもど

されちゃった！」

ジョディは急《いそ》いで、モーガンもいるかどうかたしかめた。さいわいにもモーガンはそばにいた。でも、けわしい顔《かお》をしている。ゴーグルを外《はず》したモーガンは、怒《おこ》っているようにも気《き》まずそうにも見《み》える。

「**や、やられた……**」モーガンはゴーグルをぎゅっとにぎりしめて、ぽつりといった。

仲間《なかま》たちはおどろいて、ことばも出《で》なかった。ジョディすらなにもいえなかった。

マインクラフトの名人《めいじん》モーガンは、いままでやられたことなんて一度《いちど》もない！

「あと一歩《いっぽ》だった。**あと、ほんのちょっとだったのに！**　もうチェストが**見《み》えてたんだ**」モーガンがくやしそうにつぶやいた。

「モーガンはベストをつくしたわよ」ハーパーがなぐさめた。

「まるでヒーローみたいだね。**戦《たたか》いながらたおれたんだろ？**」とポー。

モーガンは苦笑《にがわら》いした。「ああ。あっさりやられたってわけじゃない」

テオも口《くち》を開《ひら》いた。「いいことがわかったぞ。これまでこのバージョンのマインクラフトでは、だれもＨＰがなくなるまでやられたことがなかった。だから、もしそうなったら、現実世界《げんじつせかい》ではどうなっちゃうんだろうって思《おも》ってた」テオはモーガンの頭《あたま》からつま先《さき》まで見《み》た。

「どうなるのか心配《しんぱい》だったけど、モーガンはだいじょうぶそうだ。平《へい》気《き》かい？」

「**だいじょうぶだ**」モーガンはのびをした。「いつもと同《おな》じ。でも、攻撃《こうげき》を受《う》けてやられるのは……痛《いた》かったな。ネザライトの防具《ぼうぐ》をつけてたのに、一撃《いちげき》をくらうたびにダメージを感《かん》じたんだ」

「まずいな。モーガンはいちばんいい防具《ぼうぐ》をすべて身《み》につけていった。もしこのバージョンでも通常《つうじょう》のマインクラフトと同《おな》じことが起《お》こるなら、モーガンの装備《そうび》はぜんぶやられたところに落《お》ちてるはずだ。そうだとしたら、これから挑戦《ちょうせん》するぼくらは使《つか》えないじゃないか」

テオがいった。

ジョディは、モーガンがみんなにあやまるのかとばかり思《おも》った。

モーガンはそのあとで、自分《じぶん》がわかったことを仲間《なかま》たちに話《はな》せばいい。そうすれば、みんなはモーガンの失敗《しっぱい》から学《まな》んで、つぎの挑《ちょう》戦《せん》にいかすことができる。

ところが、モーガンは見《み》るからにむっとしていた。テオのいい方《かた》が、まるでモーガンがゴーレムのアイテムをむだにした、とせめているみたいだったからだ。

モーガンはあやまるどころか、大《おお》きな声《こえ》でいいかえした。

「ネザライトの防具《ぼうぐ》なんて役《やく》に立《た》つもんか！　ぼくがむりなら、みんなだってできっこない。防具《ぼうぐ》があってもなくても同《おな》じことさ」

モーガンのことばにおどろいたジョディは、すぐに反応《はんのう》した「モーガン！　**なんてことというのよ**」

「つぎにだれがやるのか知《し》らないけど、せいぜいがんばれよな。みんながひとりずつやられていくのを、ここでじっと見《み》てるなんてごめんだ」

モーガンはそういいすてると、松葉《まつば》づえをついてストーンソード図書館《としょかん》から飛《と》びだしていった。

それからしばらくのあいだ、ジョディはモーガンをなだめようとした。でも、モーガンはジョディの話《はなし》をまったく聞《き》こうとしなかった。帰《かえ》りのバスでも、モーガンはずっとふてくされたまま、窓《まど》の外《そと》を見《み》ていた。

家《いえ》に帰《かえ》っても夕食《ゆうしょく》まで自分《じぶん》の部屋《へや》に閉《と》じこもり、ジョディのノックが聞《き》こえないほどの大音量《だいおんりょう》で音楽《おんがく》をかけた。

モーガンとジョディはいっしょに夕食《ゆうしょく》を食《た》べた。けれども、まさかそのときに、**ハイテクのＶＲゴーグルを使《つか》ってプレイし、ゲーム内《ない》に人工知能《じんこうちのう》が存在《そんざい》するマインクラフト**の話《はなし》なんて、できるわけがない。そのことはぜったいに秘密《ひみつ》だ。両親《りょうしん》に聞《き》かれたら、あれこれ質問《しつもん》されるに決《き》まっている。ましてや、ときどきマインクラフトの中《なか》で危険《きけん》な大冒険《だいぼうけん》をしていることを知《し》られるわけにはいかない。

夕食後《ゆうしょくご》、モーガンは外《そと》にいた。ジョディはようやく、モーガンに話《はな》しかけることができた。

「なにやってるの？」

「**練習《れんしゅう》だ**」とモーガン。

ジョディには、それは少《すこ》しむちゃな練習《れんしゅう》に見《み》えた。モーガンは敷《しき》石《いし》の上《うえ》に体《からだ》を投《な》げだすようにして、家《いえ》の前《まえ》の道《みち》をかけていく。松《まつ》葉《は》づえを使《つか》ってこんなに速《はや》く前《まえ》に進《すす》める人《ひと》なんて見《み》たことがない。

「モーガン、急《いそ》ぎすぎ！　**転《ころ》んじゃうよ**」ジョディがさけんだ。

「転《ころ》ぶもんか」モーガンは歯《は》を食《く》いしばってそう返事《へんじ》をしたものの、つまずいてたおれそうになった。でも、運《うん》よく近《ちか》くにいたジョディがモーガンを支《ささ》えてくれた。

「だから、いったじゃない」とジョディ。

モーガンは顔《かお》をしかめ、ジョディの手《て》を振《ふ》りはらった。「ジョディなんかにわかるもんか。運動会《うんどうかい》までに速《はや》く走《はし》れるようにならなくっ

ちゃ。テオとハーパーの足《あし》を引《ひ》っぱるのはごめんだ。それに……**ぼくをメンバーから外《はず》させないぞ**」

ジョディはうでを組《く》んだ「まったく、なだめればいいのか、自分《じぶん》勝手《かって》だってたしなめればいいのか、わかんないよ」

モーガンはため息《いき》をついて、花壇《かだん》の囲《かこ》いの上《うえ》に座《すわ》った。「**なだめてくれるほうがいい**」

ジョディもモーガンのとなりに座《すわ》った。「テオとハーパーが、おにいちゃん抜《ぬ》きでリレーに出《で》たからって、なにもかもおしまいってわけじゃないでしょ?」

「リレーだけじゃない。今回《こんかい》のマインクラフトとネザーのこともだよ。マインクラフトについては、ぼくがチームの中《なか》でいちばんくわしいはずだ！　それなのに、ドクのＶＲゴーグルのせいでゲームがおかしなことになった。おまけに、エヴォーカー・キングのせいで

なにもかも変《か》わっちゃった。きょうなんて、ぼくひとりでネザーを攻略《こうりゃく》できなかった。金《きん》の防具《ぼうぐ》をなにかひとつでも身《み》につけてたら、きっとうまくいったのに」
とモーガン。
「**まだ負《ま》けたわけじゃない**。わたしたちがうまくいくように助《たす》けてよ。明日《あした》はハーパーがやってみるって。おにいちゃんが知《し》ってることやわかったことをぜんぶ教《おし》えてあげて！　大《おお》きなピグリンはいた？　干《ほ》し草用《くさよう》のフォークを持《も》ったエンダーマンは？」ジョディが質問《しつもん》する。

モーガンは首《くび》を振《ふ》った。「そういうことじゃないんだ。テオがいってたとおり、ぼくのせいですばらしいアイテムがすべてなくなっちゃった。ジョディ、残念《ざんねん》だけどハーパーにはむりだ。ハーパーがやられるところを見《み》たくないから、明日《あした》は**ぼく抜《ぬ》きでやってくれ**」モーガンは立《た》ちあがると、足《あし》をひきずりながらのろのろと歩《ある》き去《さ》った。

第《だい》8章《しょう》

ハーパー、ハーパー、ハーパーならできるよ！
そうだろ？　だって、チームのみんながたよりにしてるんだから。

つぎはだれが挑戦《ちょうせん》するのかとゴーレムにたずねられ、ハーパーはためらうことなく前《まえ》に出《で》た。少《すこ》しこわかったけれど、そんなようすはまったく見《み》せなかった。**どんなことがあっても、仲間《なかま》たちがそばにいてはげましてくれるのだから。**

ただ……仲間《なかま》が全員《ぜんいん》そろっていた**わけではない**。その日《ひ》、モーガンは図書館《としょかん》にあらわれなかった。

「アイテムを選《えら》ぶといい」ゴーレムがいった。

「**役《やく》に立《た》つものが残《のこ》ってればいいけどね**」テオがぶつぶつ文句《もんく》をいっ

ているのが、ハーパーにも聞《き》こえた。

でも、ハーパーはテオのようには心配《しんぱい》していなかった。モーガンは役立《やくだ》つアイテムをたくさん持《も》っていってしまったけど、役《やく》に立《た》つ**材料**《ざいりょう》までは取《と》らなかったからだ。ハーパーは、その材料《ざいりょう》を使《つか》って、**自分**《じぶん》**で**アイテムをつくるつもりだった。

ぐうぜんにも、ハーパーが最初《さいしょ》に調《しら》べたチェストには、ネザーウォートがたくさん入《はい》っていた。

「ばっちりだわ！　**モーガンはポーションをぜんぶ持**《も》**っていっちゃったけど、ネザーウォートがあればポーションを醸造**《じょうぞう》**できるから**」ハーパーがいった。

「ポーションをなんに使《つか》うつもり？」ジョディがたずねた。

「ネザーには溶岩《ようがん》がたくさんあるでしょ？　溶岩《ようがん》はかなり危険《きけん》なの……**でも、耐火**《たいか》**のポーションを飲**《の》**めばだいじょうぶ。**溶岩《ようがん》にさわってもダメージを受《う》けなくなるから」ハーパーが説明《せつめい》した。

　ポーは口《くち》をあんぐりと開《あ》けた。「じゃあ、ハーパーは溶岩《ようがん》の中《なか》を**泳**《およ》**ぐ**つもりなの？　すごい！　かっこいい！」

　ハーパーはにやりと笑《わら》った。「でしょ？　でも、運動会《うんどうかい》でまねしちゃだめよ」

　ハーパーはゆがんだ森《もり》を通《とお》りぬけ、がけを乗《の》りこえ、溶岩《ようがん》でできた広《ひろ》い海辺《うみべ》にたどり着《つ》いた。溶岩《ようがん》の海《うみ》は見《み》わたすかぎりどこまでも続《つづ》いてい

る。ここを、時間《じかん》をかけずにわたらなければならない。

ハーパーは、醸造《じょうぞう》したばかりのオレンジ色《いろ》のポーションを一気《いっき》に飲《の》みほした。そして、飛《と》びこもうとした――ところが、足《あし》がまったく動《うご》かない。自分《じぶん》でつくったポーションには自信《じしん》がある。ちゃんとできたはずだ。それなのに、いざ溶岩《ようがん》に飛《と》びこむとなると、足《あし》がすくんでしまうのだ。

でも、ぐずぐずしてはいられない。**ハーパーは決心《けっしん》して、頭《あたま》から溶岩《ようがん》に飛《と》びこんだ。**平気《へいき》だわ！　なんともない！

ハーパーはすいすい泳《およ》いでいった。ポーションの効果《こうか》が切《き》れるまであと数分《すうふん》しかない。急《いそ》いで泳《およ》がないと。

向《む》こう岸《ぎし》まであと半分《はんぶん》のところまで来《き》て、残《のこ》り時間《じかん》ではとても泳《およ》ぎきれないとわかった。でも、だいじょうぶ。**ハーパーには考《かんが》えがあった。**

ハーパーは目《め》の前《まえ》に石《いし》のブロックを2つずつ置《お》いて、海《うみ》のまん中《なか》に正方形《せいほうけい》の小《ちい》さな島《しま》をつくった。その島《しま》に飛《と》びのると、醸造《じょうぞう》台《だい》を設置《せっち》した。それからまたポーションをつくり、すぐにそれを飲《の》んだ。

醸造台《じょうぞうだい》はそのまま残《のこ》していくことにした。帰《かえ》り道《みち》できっと役立《やくだ》つだろう。ハーパーは大事《だいじ》な材料《ざいりょう》もいくつか置《お》いていくことにした。そうすれば、すぐにまたポーションを醸造《じょうぞう》できるからだ。

ふたたび泳《およ》いでいると、**なにかが頭上《ずじょう》を横《よこ》ぎった**ので、ハーパーはぎょっとした。ネザーには雲《くも》なんてないはずなのに。いっ

たいなんだろう？

上《うえ》を見《み》ると、おそろしい大《おお》きなガストが真上《まうえ》にいた。ガストは触《しょく》手《しゅ》をゆらゆら動《うご》かし、キャーというぶきみな声《こえ》を発《はっ》している。

ハーパーは溶岩《ようがん》の中《なか》にもぐった。ガストに見《み》つかったかしら？不安《ふあん》になったハーパーはそのまましばらく待《ま》った。でもすぐに息《いき》が苦《くる》しくなってきた。**もうむり！**

思《おも》わず溶岩《ようがん》から顔《かお》を出《だ》すと、ガストはもういなくなっていた。ハーパーはほっと胸《むね》をなでおろした。

けれども、大事《だいじ》な時間《じかん》をむだにしてしまった。どれくらいのあいだ溶岩《ようがん》にもぐっていたのだろう？

急《いそ》いで向《む》こう岸《ぎし》まで泳《およ》いだほうがいい？　それとも、石《いし》の小島《こじま》まで引《ひ》きかえして、またポーションをつくる？　ハーパーは迷《まよ》った。

その迷《まよ》いが命《いのち》とりだった。**時間切《じかんぎ》れになったのだ。**

突然《とつぜん》、ハーパーは溶岩《ようがん》の熱《ねつ》を感《かん》じた。まるで燃《も》えさかる手《て》につかまれているようだ。自分《じぶん》のうでのあちこちで火《ひ》が燃《も》えている！

ハーパーは助《たす》けを求《もと》めてさけび声《ごえ》を上《あ》げた。**でも、そばにはだれもいなかった。**

「ハーパー！　だいじょうぶか？」

ハーパーは目《め》をパチパチさせ

た。気《き》がつくと図書館《としょかん》にいた。無事《ぶじ》だったみたい……。テオたちが心配《しんぱい》そうにハーパーを見《み》つめている。**現実《げんじつ》世界《せかい》でもさけんじゃったのかな？**

マロリーさんがあわててやってきた。「いったいどうしたんだい？」

「ごめんなさい、マロリーさん。ゲームをしてたんだけど、わたしのアバターが溶岩《ようがん》に落《お》ちちゃって。**その……ほんとうに溶岩《ようがん》に落《お》ちた気《き》がしちゃったんです**」とハーパー。

ということは、ハーパーも失敗《しっぱい》した

んだ。**テオはまゆをひそめた。**

マロリーさんは笑顔《えがお》になった。「それならよかった。なにかあったのかと思《おも》ったよ」

「だいじょうぶです。ほんとに」ハーパーはまわりに注目《ちゅうもく》されてははずかしくなり、**ほおが赤《あか》くなった。**

まるでまだ燃《も》えさかる溶岩《ようがん》の海《うみ》につかっているように、そのほおはまっ赤《か》だった。

第《だい》9章《しょう》

テオ、テオ、待《ま》ってました！　テオがむりなら、みんなむり！
でも、プレッシャーはかけないで。ほんとに、ほんとに。

モーガンとハーパーは失敗《しっぱい》したけど、ぼくはぜったいに成功《せいこう》するぞ。テオはそう心《こころ》にちかった。ゴーレムにたずねられるまでもなく、テオはゴーレムの前《まえ》までつかつかと歩《ある》いていき、「つぎはぼくだ」と伝《つた》えた。

「**アイテムを選《えら》びたまえ**」ゴーレムはどこか楽《たの》しんでいるような声《こえ》でいった。

なにか役《やく》に立《た》つアイテムはないかと、テオははじからはじまでチェストを見《み》ていった。アイテムはあまり残《のこ》っていない。でもおどろい

たことに、最《さい》後《ご》のチェストで、かなり役《やく》立《だ》つだけでなく**レアなアイテム**が見《み》つかった。
「**エリトラだ！**」テオは歓声《かんせい》を上《あ》げると、笑顔《えがお》で仲《なか》間《ま》たちのほうを向《む》いた。

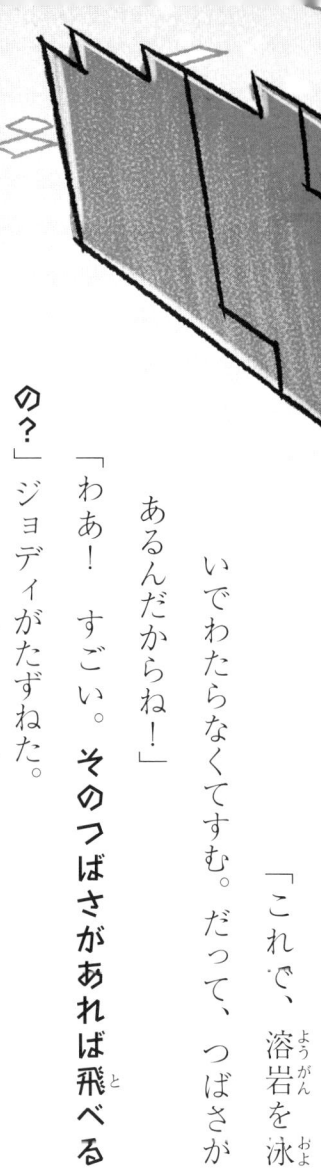

「これで、溶岩《ようがん》を泳《およ》いでわたらなくてすむ。だって、つばさがあるんだからね！」

「わあ！　すごい。**そのつばさがあれば飛《と》べるの？**」ジョディがたずねた。

「飛《と》ぶというより、滑空《かっくう》する感《かん》じかな」そういうと、テオはカブトムシの羽《はね》のようなエリトラを肩《かた》につけた。「高《たか》いところから飛《と》ばないといけない。だけど、そうすれば、溶岩《ようがん》の上《うえ》をこえていけるんだ」

数分後《すうふんご》、テオは広大《こうだい》なオレンジ色《いろ》の海《うみ》を見《み》わたしながら、あることに気《き》がついた。向《む》こう岸《ぎし》まで飛《と》んでいくためには、ゆがんだ森《もり》と溶岩《ようがん》の海《うみ》のあいだのがけには、高《たか》さが足《た》りないのだ。

そこで、あるものをつくることにした。その場《ば》でジャンプして、足《あし》もとに土《つち》のブロックを置《お》いていく。それをくり返《かえ》すと、やがて細《ほそ》い土《つち》の柱《はしら》ができあがった。柱《はしら》の上《うえ》に立《た》っていると、砦《とりで》の遺跡《いせき》が見《み》えた！

でも、あんなに遠《とお》くの砦《とりで》まで滑空《かっくう》して行《い》くのはさすがにむりだろう。テオは溶岩《ようがん》の向《む》こう岸《ぎし》にあるソウルサンド・バレーをめざすことにした。そこがいちばん近《ちか》い岸《きし》なのだ。

フィンガーズクロスをしたかったが、アバターには指《ゆび》がないので、カクカクしたこぶしとこぶしを合《あ》わせるしかない。「これでよし」

テオは空中《くうちゅう》に飛《と》びだした。

ゾクゾクする。テオはこれまでクリエイティブモードでマインクラフトをしているとき、いつも楽《たの》しく飛《と》んでいた。でも今回《こんかい》ばかりはまったくちがう。ドクのＶＲゴーグルのおかげで、まるでほんと

フィンガーズクロス
人《ひと》さし指《ゆび》と中指《なかゆび》を交差《こうさ》させて、幸運《こううん》を願《ねが》うためのしぐさのこと。

うに空《そら》をすべり下《お》りていくみたいなのだ！

　わくわく感《かん》が少《すこ》しずつさめていくと、こわくなってきた。どんどん低《ひく》くなっていき、下《した》に広《ひろ》がる溶岩《ようがん》が近《ちか》づいてくる。溶岩《ようがん》の熱《ねつ》まで感《かん》じてきた。でも、きっと向《む》こう岸《ぎし》までたどり着《つ》けるはず。ただし、たどり着《つ》けたとしてもぎりぎりだ。

　そこに、矢《や》がビュンと飛《と》んできた。**テオは空中《くうちゅう》で大《おお》きく向《む》きを変《か》えた。**矢《や》はどこから飛《と》んでくるんだ？

　前方《ぜんぽう》を見下《みお》ろすと、ソウルサンド・バレーの岸辺《きしべ》にスケルト

ンたちが集《あつ》まっていた。**スケルトンたちは弓《ゆみ》をかまえ、テオのほうをじっと見《み》ている。**

空中《くうちゅう》では、かくれることも反撃《はんげき》することもできない。テオは、ダメージを受《う》けすぎる前《まえ》に陸地《りくち》にたどり着《つ》けますように、と祈《いの》るしかなかった。

矢《や》がつぎつぎに飛《と》んできたので、**テオは丸《まる》くなったり、体《からだ》を傾《かたむ》けたり、急降下《きゅうこうか》したりして**身《み》を守《まも》った。飛《と》んでくる矢《や》をよけるために、できることはなんでもした。

おみごと！　そのおかげで矢《や》は1本《ぽん》もあたらなかった。

でも残念《ざんねん》ながら、ひとつ問題《もんだい》があった。空中《くうちゅう》でさんざん動《うご》いたせいで、たいせつな時間《じかん》をよけいに使《つか》ってしまったのだ。陸地《りくち》まではまだ遠《とお》い。気《き》がついたときには手遅《ておく》れだった。

溶岩《ようがん》がすぐそばまでせまっていた。もう溶岩《ようがん》すれすれだ！

テオは、ぎらぎらしたオレンジ色《いろ》のしぶきを上《あ》げて溶岩《ようがん》に落《お》っこちた。テオのアバターは、つばさごと炎《ほのお》につつまれた。

コンピューターコーナーにもどったテオは、怒《おこ》った顔《かお》でゴーグルを外《はず》した。

「**あんなのずるいよ！**　スケルトンの矢《や》の的《まと》にされるなんて」とテオ。

「テオ、とにかく無事《ぶじ》でよかったわ」ハーパーが声《こえ》をかけた。

「まあ、そうだけど」テオはくやしそうにいった。「大事《だいじ》なことを学《まな》んだよ。**飛《と》ぶのは、鳥《とり》にまかせておけばいい！**」

第《だい》10章《しょう》

つぎはポー。ポーがむりなら、みんなむり！
ポーならきっとできるよ。
だって、そろそろあとがなくなってきたから！

ポーはマインクラフトの中《なか》でなにかをつくるタイプではない。マインクラフトのプレイヤーには、採掘《さいくつ》（マイン）がすきな人《ひと》もいれば、つくる（クラフト）のがすきな人もいる。でも、**ポーはゲームの中《なか》を探検《たんけん》したり冒険《ぼうけん》したりするのが、なによりもすき**。自分《じぶん》をヒーローだと想像《そうぞう》して、新《あたら》しいバイオームを探《さが》し、ぞっとするようなゾンビの敵《てき》をやっつけるのが楽《たの》しい。

けれども、ゴーレムのたき火《び》のそばで仲間《なかま》たちと準備《じゅんび》をしながら、ポーはあることに気《き》がついた。ゴーレムのテストに挑戦《ちょうせん》するため、ほとんどからっぽのチェストを見《み》てまわるうちにわかったのだ。いいアイテムがないなら……自分《じぶん》でつくるしかない。

「**土《つち》と石《いし》と黒曜石《こくようせき》のブロックしか残《のこ》ってないよ**。ほかには、エリトラと金《きん》のヘルメットぐらいだね」とポー。

テオが首《くび》を振《ふ》った。「エリトラはやめたほうがいい。ロケット花火《はなび》でもあったらなあ。でも、そんなものないし、ロケット花火《はなび》をつくるための火薬《かやく》もない」

「**それに、ポーのかぶってるダイヤモンドのヘルメットのほうが、金《きん》のヘルメットよりずっとがんじょうよ**」ハーパーがいった。

「ダイヤモンドのほうがポーに似合《にあ》ってる」ジョディがほめた。

「まあね！　ダイヤモンドはキラキラしてるから」ポーが得意《とくい》げに返《かえ》した。

ロケット花火《はなび》

エリトラでの滑空中《かっくうちゅう》にロケット花火《はなび》を使《つか》うと、進行方向《しんこうほうこう》に加速《かそく》できる。

「まじめにやれよ、ポー！　溶岩《ようがん》をわたるアイデアはあるのかい？」

テオがたずねた。

「材料《ざいりょう》はしっかり集《あつ》めた。**なにをつくるかって？**」ポーがいった。

「**橋《はし》だよ**」


ポーの持《も》ち物《もの》はブロックでほとんど埋《う》まっていた。マインクラフトの持《も》ち物《もの》が重《おも》くなくてよかった。現実《げんじつ》の世界《せかい》では、山《やま》のように積《つ》まれた石《いし》のブロックなんて、とても運《はこ》びたくない。

橋《はし》をつくるのは、あまりわくわくはしない。ポーは、空《そら》を飛《と》んでいったテオや、にえたぎる溶岩《ようがん》の中《なか》をバシャバシャ泳《およ》いでいったハーパーがちょっとうらやましかった。

溶岩《ようがん》をわたるためだけの橋《はし》の横《よこ》から下《した》をのぞきこむと、ポーはぶるぶるとふるえた。ここまで熱《ねつ》が伝《つた》わってくる。溶岩《ようがん》からはなれて、しっかりした橋《はし》の上《うえ》にいられてほんとうによかった。

橋《はし》をつくりはじめたポーはすぐに、**このままではブロックが足《た》りなくなると気《き》がついた**。

「あれ？　おかしいなあ」ポーはつくりかけの橋《はし》のはじっこに立《た》った。向《む》こう岸《ぎし》ははるか先《さき》だ。

ブロックが足《た》りなくなったのは、**橋《はし》の幅《はば》が広《ひろ》すぎるせいだ**。だけど、溶岩《ようがん》の上《うえ》にかかる平均台《へいきんだい》のように細《ほそ》い橋《はし》をわたっていくなんてごめんだ。とはいえ、幅《はば》をもっとせまくしないと遠《とお》くまでは届《とど》かないだろう。

ポーは急《いそ》いで橋《はし》を分解《ぶんかい》し、ブロックを集《あつ》めて橋《はし》をつくりなおした。材料《ざいりょう》が足《た》りさえすれば、きっとうまくいく。**このカクカクした手《て》に**

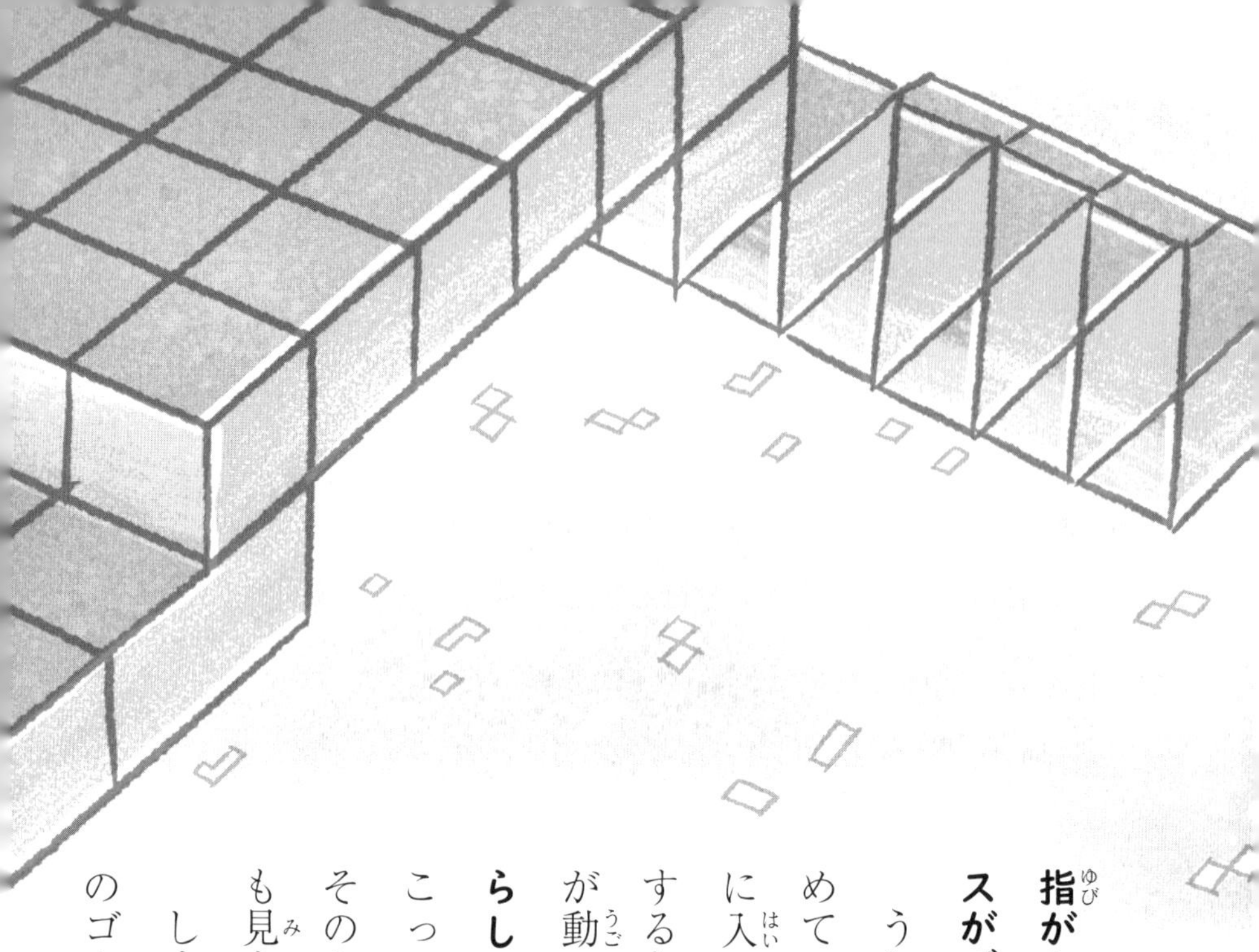

指《ゆび》があったら、フィンガーズクロスができるのになあ。

うしろにもどってブロックを集《あつ》めているとき、スタート地点《ちてん》が目《め》に入《はい》った。ゆがんだ森《もり》も見《み》える。

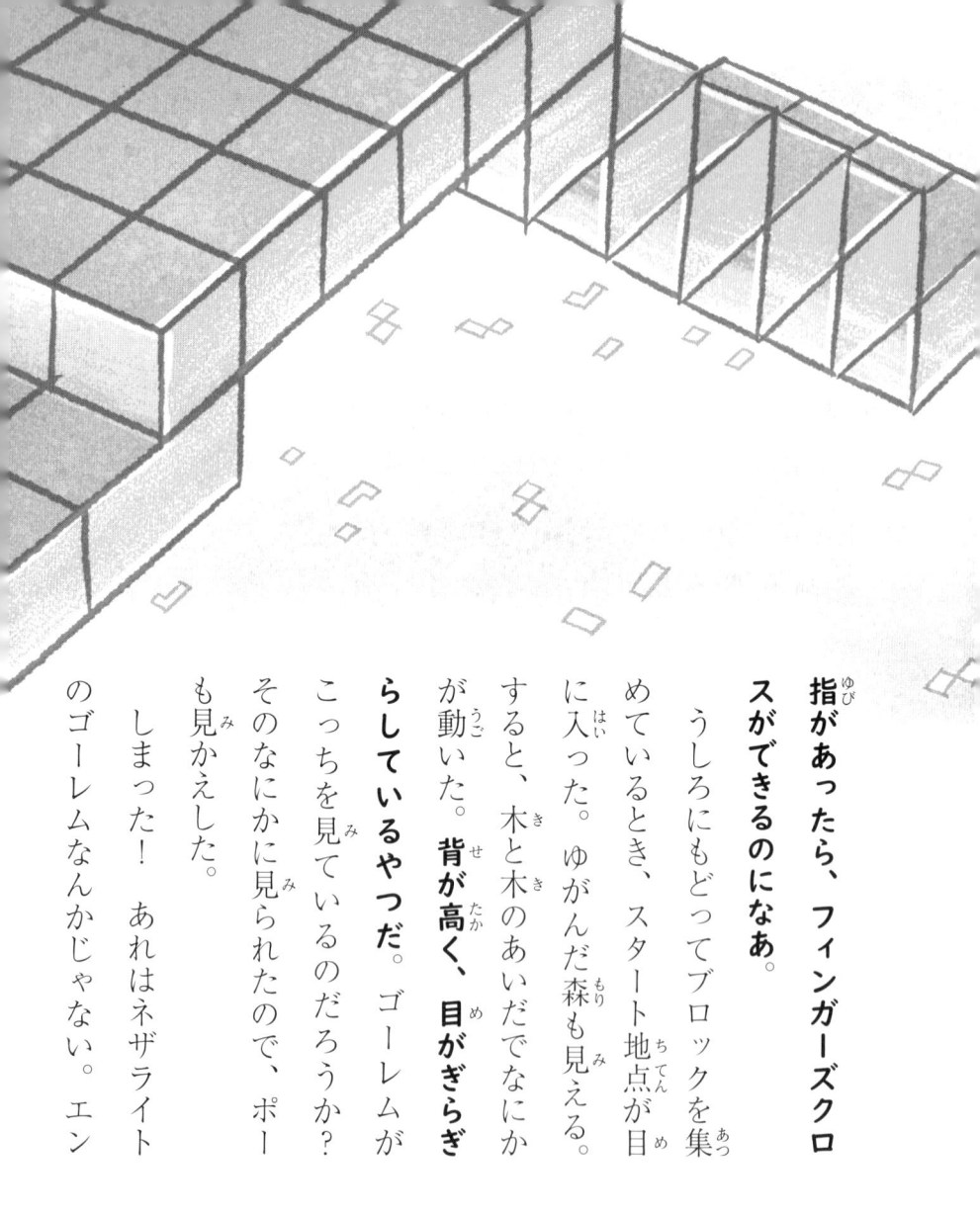

すると、木《き》と木《き》のあいだでなにかが動《うご》いた。**背《せ》が高《たか》く、目《め》がぎらぎらしているやつだ。**ゴーレムがこっちを見《み》ているのだろうか？　そのなにかに見《み》られたので、ポーも見《み》かえした。

しまった！　あれはネザライトのゴーレムなんかじゃない。エン

ダーマンだ！

ポーはすぐに目《め》をそらした。エンダーマンは見《み》られるのがすきじゃないからだ。はたして間《ま》にあっただろうか？

そばから低《ひく》いうなり声《ごえ》が聞《き》こえ、ポーが顔《かお》を上《あ》げると、つくりかけの橋《はし》の上《うえ》にいるのは、もはやポーひとりではなかった。エンダーマンがポーのすぐとなりにテレポートしてきたのだ！

ポーは「キャー」と声《こえ》を上《あ》げた。武器《ぶき》をかまえていなかったポーは、あっちに行《い》ってくれと思《おも》いながら、エンダーマンを手《て》で思《おも》いきりたたいた。

すると、エンダーマンもたたきかえしてきた。ポーは攻撃《こうげき》をよけようとして、うしろにとんだ。そのひょうしに橋《はし》から落《お》っこちてしまった。

下《した》で待《ま》っていたのは……

溶岩《ようがん》だった。


目《め》を開《あ》けると、ポーはストーンソード図書館《としょかん》にもどっていた。

「あーあ。だめだった。これからは、どこに行《い》くときもカボチャをかぶることにする」

「カボチャ?」ジョディがたずねた。

「ってことは、エンダーマンに出《で》くわしたのね」ハーパーがいった。

「まさかエンダーマンをじっと見《み》たんじゃな

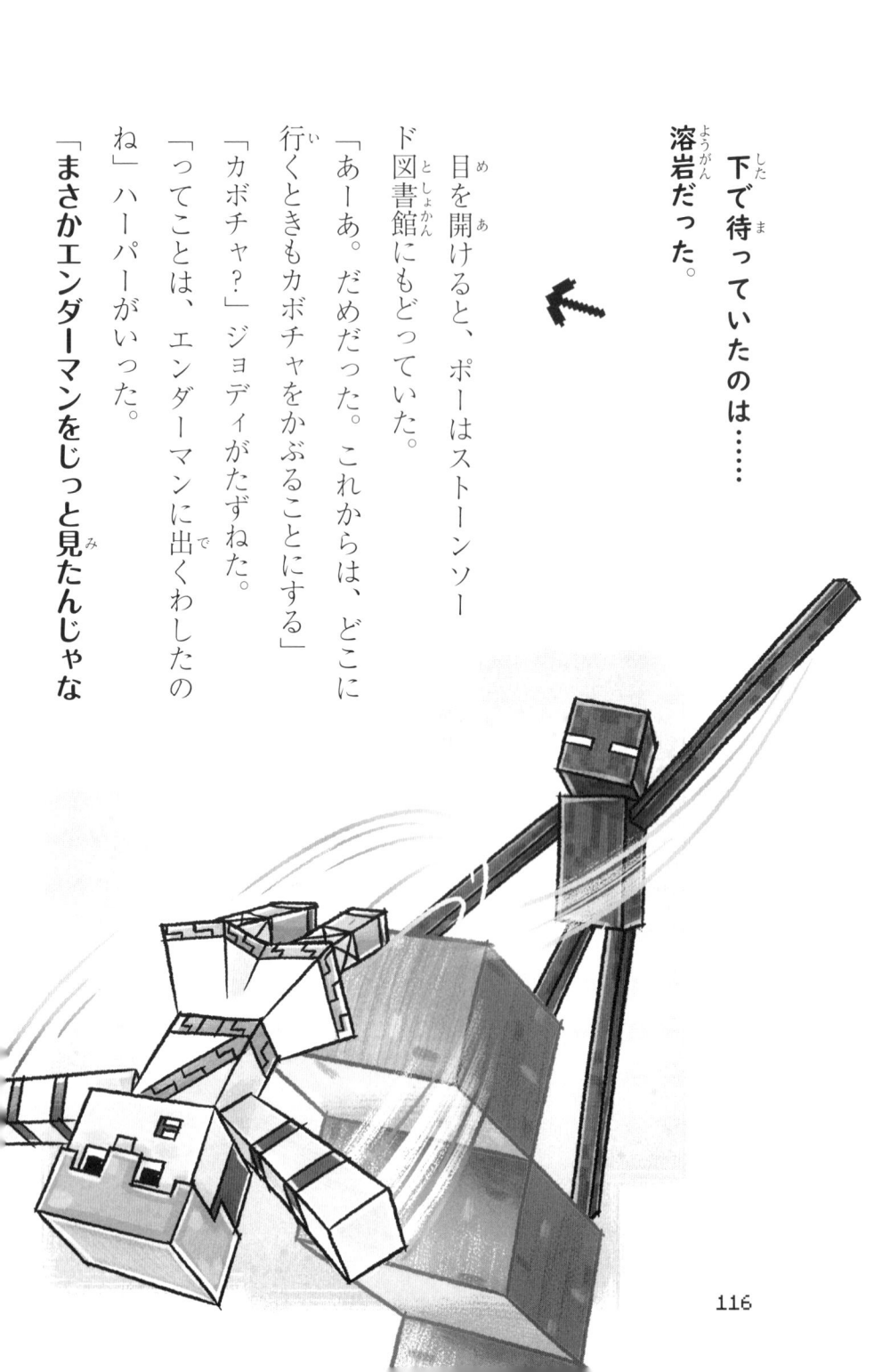

いだろうな？」とテオ。

「うるさいな！　わざと見《み》たんじゃないよ」ポーは首《くび》を振《ふ》った。

「**〝好奇心《こうきしん》はネコを殺《ころ》す〟っていうけど、**好《こう》奇心《きしん》はポーを橋《はし》から落《お》として溶岩《ようがん》にしずめる、っていいかえた**ほうがいいかもね**」

「それ、ちょっと長《なが》くていいづらいよ」とジョディ。

「でも、はんとのことだよ」ポーがいった。

好奇心《こうきしん》はネコを殺《ころ》す
好奇心《こうきしん》が強《つよ》すぎると、身《み》をほろぼすという意《い》味《み》のイギリスのことわざ。

「ねえ、これであと1回《かい》しかチャンスがなくなったぞ」

第《だい》11章《しょう》

ねじれた運命《うんめい》！　くじいた足首《あしくび》！　この章《しょう》は、最近《さいきん》はやりのダンスよりも、ひねりがあるね。

モーガンは、仲間《なかま》たちが自分《じぶん》抜《ぬ》きでどんなふうにしたのかを聞《き》いて、少《すこ》しもうしわけない気持《きも》ちになった。

5人《にん》はウッズワード校《こう》の校庭《こうてい》に集《あつ》まって、ポーが途中《とちゅう》まで橋《はし》をつくった話《はなし》を聞《き》いていた。「あんな目《め》にあったから高所恐怖症《こうしょきょうふしょう》になった。ほんとだよ。**それに、テレポートするモンスターもこわいし、溶岩《ようがん》もこわいし、小《ちい》さな帽子《ぼうし》をかぶったピエロもこわいんだ**」とポー。

「ちょっと待《ま》って。ピエロなんていたの？」ジョディがおどろいてたずねる。

「いないよ。ピエロは昔《むかし》からこわいんだ。とくにかなしそうなピエロにはぞっとするよ」ポーはぶるぶるふるえながら答《こた》えた。

　すると、ハーパーがポーのうでをぽんとたたいた。

「橋《はし》をつくる作戦《さくせん》はうまくいくと思《おも》ったんだけど。**ネザーってすごく危険《きけん》なところってことね**」

「あとはジョディにかかってる。たのんだよ、ジョ

ディ」とテオ。

ジョディは緊張《きんちょう》して、思《おも》わず笑《わら》ってしまった。

「えー！　まあ、〝ダメでもともと〟って感《かん》じでいいよね？」

テオがまゆをひそめた。

「いや、責任重大《せきにんじゅうだい》だよ」

「テオが〝ダメでもともと〟ってはげましてくれないから自分《じぶん》でいっただけだよ。まったく、皮肉《ひにく》だってわからないわけ？」ジョ

ディはそういって、両手《りょうて》で頭《あたま》をかかえた。

モーガンがオホンとせきばらいをした。「ぼくに考《かん》えがある」

ポーが首《くび》を振《ふ》った。「ゴーレムにスイートチークス男爵《だんしゃく》のことを話《はな》そうっていうなら、もう遅《おそ》いよ！　テオが挑戦《ちょうせん》してるあいだずっと、ぼくはゴーレムにいろいろしゃべったんだから」

「そうね」ハーパーもいった。「あのさ、ゴーレムって目《め》を閉《と》じないでしょ？　それなのに、ポーの話《はなし》がつまらなすぎて、何度《なんど》かうとうとしてたんじゃないの」

「**それはただ、楽《たの》しくてうっとりしてただけだよ**」ポーがぷりぷりした声《こえ》でいった。

テオは顔《かお》をしかめた。「もしかしてモーガンは、過去《かこ》にもどってぼくらが失敗《しっぱい》する前《まえ》に助《たす》けてくれるつもりなんじゃない？」

「そんなことできっこないわ、テオ」ハーパーがあきれたようにいった。

「いまのは皮肉《ひにく》だよね？　なあんだ、テオも皮肉《ひにく》ってものを**よくわかってる**んじゃない」ジョディはそういうと、ほおづえをついたままモーガンにたずねた。「で、おにいちゃんにはどんな考《かんが》えがあるの？」

「もう一度《いちど》ぼくにやらせてくれ。**ジョディの順番《じゅんばん》をぼくにゆずるんだ。そうすれば、前回《ぜんかい》の経験《けいけん》をいかして成功《せいこう》できる**」

「**そんなのズルだよ！**」ジョディは顔《かお》を上《あ》げた。

「いや、いい考《かんが》えかもしれない。うまくいく可能性《かのうせい》はあるよ」とテオ。

「ジョディは挑戦《ちょうせん》したくてわくわくしてたの？　不安《ふあん》そうに見《み》えたけどな」ポーがたずねた。

「そんなのどうでもいいじゃない」ジョディがいいかえす。

「でも、ゴーレムが許《ゆる》してくれるかしら？　ゴーレムは5回《かい》チャンスがあるっていってたけど、ひとり1回《かい》ずつ挑戦《ちょうせん》できるって感《かん》じだったわ」ハーパーがいった。

「ゴーレムはコンピューターのプログラムなんだ。ぼくらの理屈《りくつ》が通《とお》るなら、説得《せっとく》できるはずだよ」とテオ。

「まずは、わたしを説得《せっとく》しなさいよね！」ジョディが返《かえ》した。

あれこれいいあっている仲間《なかま》たちを残《のこ》して、モーガンはみんなにひと言《こと》かけて立《た》ち去《さ》った。

運動会《うんどうかい》は明日《あした》にせまっている。モーガンは最後《さいご》の練習《れんしゅう》をしなくてはいけなかったのだ。

モーガンは松葉《まつば》づえでどんどん速《はや》く走《はし》れるようになっていた。松葉《まつば》づえがわきの下《した》にあたるのですりむいて赤《あか》くなり、ケガをしていないほうの足《あし》にはマメができている。でも、速《はや》く走《はし》るためにはしかたない。

ストップウォッチをセットし、学校《がっこう》の陸上《りくじょう》トラックを1周《しゅう》走《はし》るのにどれくらいかかるのかをはかった。

モーガンはお昼《ひる》休《やす》みを選《えら》んで練習《れんしゅう》した。そうすれば、練習《れんしゅう》している姿《すがた》をだれにも見《み》られずにすむからだ。

でも、ひとつ問《もん》題《だい》があった。

ひとりで練習《れんしゅう》すると、たおれたとき……だれにも支《ささ》えてもらえない。

第《だい》12章《しょう》

傷《きず》はいやしても、うらみはもたない！　傷《きず》はなおるけど、うらみは大《おお》きくなるだけ。

その日《ひ》の午後《ごご》、モーガンはずっと保健室《ほけんしつ》にいた。足首《あしくび》をくじいてしまったのだ。痛《いた》みがどんどんひどくなり、前《まえ》にケガをした左足《ひだりあし》よりも痛《いた》くなっていた。

「よかったね。**どこも折《お》れてないし**、なおらないようなケガでもない。でも、安静《あんせい》にしないと**だめだよ**、モーガン。おかしな歩《ある》き方《かた》をしてると、いつまでもよくならないからね」ドクがたしなめた。

モーガンはうなずいた。「いい勉強《べんきょう》になりました。**痛《いた》みはすばらしい先生《せんせい》です**」

「痛《いた》みよりすばらしい先生《せんせい》なら、ここにいるけどね！」ドクは自分《じぶん》でいったじょうだんに自分《じぶん》で笑《わら》ったが、モーガンはしょんぼりしていた。

「モーガン、いま〝痛《いた》い〟っていってた!?」そういいながら、ジョディがせまい保健室《ほけんしつ》に飛《と》びこんできた。ジョディのすぐうしろからハーパー、テオ、ポーもついてくる。

「わたしのじょうだんが通《つう》じなかったみたいだね。モーガンの足《あし》はよくなるよ……2、3週間《しゅうかん》かかるけど」とドク。

「ドク？　**保健《ほけん》の先生《せんせい》もしてるんですか？**」

ハーパーがおどろいた。

「保健《ほけん》のグレンダ先生《せんせい》がお休《やす》みのあいだだけね。腎臓移植《じんぞういしょく》の手術《しゅじゅつ》とかじゃなければ、わたしがなんとかしてあげるよ」

ドクは、モーガンと4人《にん》のあいだの空気《くうき》がなんだか張《は》りつめているような気《き》がした。そこで、「ここでみんなで話《はな》しなよ。わたしは外《そと》にいるから、なにかあったら呼《よ》んで」と提案《ていあん》した。

ドクが出《で》ていくと、ポーはモーガンのほうを向《む》いた。「おい、心配《しんぱい》したじゃないか！　モーガンが教室《きょうしつ》にいなかったから、どうしたんだろうって思《おも》ったよ」

「アッシュにまで連絡《れんらく》したんだから」

ハーパーはスマートフォンを見《み》せた。**画面《がめん》には、引《ひ》っ越《こ》して遠《とお》くにいる仲間《なかま》、アッシュの顔《かお》が映《うつ》っていた。**

「ハーイ！　モーガン。無事《ぶじ》でよかったわ。ジョディなんて、モーガンが家出《いえで》してサーカスの一員《いちいん》になったと思《おも》ってたのよ」

「**ぼくら抜《ぬ》きでマインクラフトをやってるのかとも思《おも》った。**だから、まず図書館《としょかん》を見《み》にいったんだ」とテオ。

モーガンは首《くび》を振《ふ》った。「たしかに、

最近《さいきん》のぼくはかなり自分勝手《じぶんかって》だったけど、だからって、みんなにだまってこっそりマインクラフトをやったりはしないさ」

「どうしてあんなにイライラしてたの？」ジョディがたずねた。

「えっと……」モーガンのほおが熱《あつ》くなった。「たぶん、ぼくはチームの一員《いちいん》でいたい気持《きも》ちが強《つよ》い。だから、みんなに必要《ひつよう》とされてないんじゃないかってときどき不安《ふあん》になる。みんなの足《あし》を引《ひ》っぱってるんじゃないかって心配《しんぱい》になるんだ」

「足《あし》を引《ひ》っぱる？　みんなを引《ひ》っぱるのまちがいだろ？」とポー。

「でも、ぼくはマインクラフトについて、だれよりもよく知《し》ってなくちゃいけないのに、最近《さいきん》はいそがしくて前《まえ》みたいに新《あたら》しい情報《じょうほう》についていけてない。ひとりでネザーを攻略《こうりゃく》する準備《じゅんび》だってできなかった。ぼくよりテオのほうがくわしいときもあるし」モーガンが弱音《よわね》をはいた。

「ひとりで考《かんが》えるより2人《ふたり》で考《かんが》えたほうがずっといい考《かんが》えが浮《う》かぶよ。それに、知識《ちしき》のことをいうなら、みんなそれぞれくわしいことがある」とテオ。

「**テオのいうとおり**。クラフトのレシピをおぼえるのなら、わたしにまかせて」ハーパーがいった。

「そうだよ！　かわいい動物《どうぶつ》のモブを手《て》なずけるのはわたしが得意《とくい》だし」ジョディがクスクス笑《わら》った。

「それに、モーガンがリレーのメンバーから外《はず》れたとしても、わたしたちは**友《とも》だちのままよ**」ハーパーが続《つづ》けた。「リレーで勝《か》つかどうかなんてたいしたことじゃない。わたしたちはただ、モーガンにまたケガしてほしくないだけ」

「そのミッションは**失敗《しっぱい》しちゃったけどね**」ポーは、固定《こてい》しなおされたモーガンの足首《あしくび》を指《ゆび》さしながらいった。

「ひとりで考《かんが》えすぎて、むきになってたみたいだ。テオとハーパー、2人《ふたり》と同《おな》じチームなのがうれしかった。運動会《うんどうかい》を休《やす》みたくなかったんだ。**でも、現実《げんじつ》を受《う》けいれないとね。しばらく安静《あんせい》にしてるよ**」モーガンはそういうと、ハーパーとテオを見《み》た。「で、2人《ふたり》はどうするつもり?」

「なにか考《かんが》えておく。リレーとマインクラフト、**両方《りょうほう》**についてね」とテオ。

「**ジョディの順番《じゅんばん》なのに、ぼくがやろうとしてごめんよ**」モーガンがあやまった。

ジョディは「ふう」とため息《いき》をついた。「気《き》にしないで。ほんとうは不安《ふあん》だったから。ああ、みんなでいっしょに挑戦《ちょうせん》できたらなあ」

「ひょっとすると……できるかもよ」アッシュが電話《でんわ》ごしにいった。

モーガンがにやりとした。「なにかアイデアがありそうだね」

アッシュがうなずいて笑顔《えがお》を見《み》せた。「ゴーレムはひとりずつばらばらにやらせようとしてるけど、みんなで競争《きょうそう》するんじゃなくて、リレーみたいに力《ちから》を合《あ》わせたらどうかしら」

第《だい》13章《しょう》

ジョディ・アンド・ザ・ピグリンズ。なんだかバンド名《めい》みたい！
それなら、ネザーラック・アンド・ロールの準備《じゅんび》はオーケー!?

ゴーレムは、つぎの挑戦者《ちょうせんしゃ》がだれなのかをたずねなかった。たき火《び》のまわりに集《あつ》まった5人《にん》のアバターを見《み》て、ただ「ジョディ、アイテムを選《えら》びたまえ」といった。

ジョディは準備《じゅんび》ばんたんだった。しっかり考《かんが》え、仲間《なかま》の意見《いけん》も聞《き》いてきた。役《やく》に立《た》つアイテムは、エリトラ、からっぽのガラスビン、ぴかぴかの金《きん》のヘルメットだ。

でも、ほんとうのジョディの武器《ぶき》はこの挑戦《ちょうせん》についてよく知《し》っていることだった。**ネザーをくぐりぬけ、ゴーレムのアイテムを持《も》ち**

かえってくるために必要《ひつよう》なことはすべて仲間《なかま》たちから教《おし》えてもらっていた。

少《すく》なくとも、ジョディはそう思《おも》っている。

ジョディはゆがんだ森《もり》を通《とお》りぬけるあいだずっと、顔《かお》を上《あ》げないようにした。まわりにはエンダーマンがうようよしている。ジョディの金《きん》のヘルメットでは、エンダーマンの攻撃《こうげき》から身《み》を守《まも》れないだろう。でも、ジョディがエンダーマンを見《み》なかったので、エンダーマンもなにもしてこなかった。

がけを上《のぼ》るとすぐに、ポーがつくった橋《はし》が見《み》えた。橋《はし》はオリンピックの飛《と》びこみ台《だい》みたいに、溶岩《ようがん》の海《うみ》の上《うえ》につき出《で》ている。モーガ

ンが掘《ほ》ったトンネルにつながる穴《あな》もあった。でも、トンネルを通《とお》っていくと、ソウルサンド・バレーのまん中《なか》に出《で》てしまう。そうすると、スケルトンの群《む》れの中《なか》を通《とお》ることになる。それなら、橋《はし》を選《えら》んだほうが安全《あんぜん》だ。**ジョディは橋《はし》のはじっこまで進《すす》んだ**。そこからは、はるか遠《とお》くにソウルサンド・バレーが見《み》えた。

　ジョディはエリトラを身《み》につけた。それから助走《じょそう》をつけて、ポー

の橋《はし》からいきおいよく飛《と》んだ。

ひさしぶりに空《そら》を飛《と》ぶのはわくわくする。**以前《いぜん》はよく、クリエイティブモードで空《そら》を飛《と》んでいた。**目《め》の前《まえ》に広《ひろ》がるネザーを見《み》て、ジョディは思《おも》わず笑《わら》い声《ごえ》を上《あ》げた。

でも、ソウルサンド・バレーまで飛《と》んでいくほど、ジョディはばかではない。そんなことをしたら、テオのように地上《ちじょう》にいるスケルトンから矢《や》でねらわれてしまう。

ジョディは、ソウルサンド・バレーではなく、溶岩《ようがん》の海《うみ》に浮《う》かぶ石《いし》の小島《こじま》をめざした。空《そら》からはかんたんに小島《こじま》が見《み》つかったので、ジョディは問題《もんだい》なくそこにたどり着《つ》けた。

小島《こじま》には醸造台《じょうぞうだい》だけでなく、**耐火《たいか》のポーションをつくるための材《ざい》料《りょう》も**ハーパーが残《のこ》してくれていた。耐火《たいか》のポーションをつくるのははじめてだけど、ジョディはハーパーから教《おそ》わったことをおぼえていた。ポーションをつくると、すぐにからっぽのガラスビンがオレンジソーダのような色《いろ》の液体《えきたい》でいっぱいになった。

ジョディはポーションを飲《の》み、おそるおそる溶岩《ようがん》を見《み》た。ハーパーからはなにも心配《しんぱい》いらないといわれた……だけど、急《いそ》がないと。**ジョディは思《おも》いきって溶岩《ようがん》に飛《と》びこんだ。**

そして、溶岩《ようがん》の中《なか》から顔《かお》を出《だ》さないようにした。そうすれば、ガストが頭上《ずじょう》を飛《と》んでいても安心《あんしん》だ

ろう。

モーガンは、砂《すな》に足《あし》をとられながら、モンスターだらけのソウルサンド・バレーを通《とお》りぬけるはめになった。ジョディはソウルサンド・バレーとは反対側《はんたいがわ》を回《まわ》って、真紅《しんく》の森《もり》を通《とお》った。こっちも危険《きけん》だけれど、まだましだ。木《き》から木《き》へと走《はし》り、注意《ちゅうい》して進《すす》む。やがて、砦《とりで》の遺跡《いせき》にたどり着《つ》いた。

砦《とりで》の中《なか》にはピグリンがうようよしていて、さっそく見《み》つかってしまった。ジョディは思《おも》わず息《いき》をのんだ。**ひとりでこんなにたくさんのピグリンと戦《たたか》えるわけがない！**

でも、ピグリンは攻撃《こうげき》してこなかった。それどころか、ジョディのことをまったく気《き》にしていない。小《ちい》さなピグリンがこっちまでよちよち歩《ある》いてきたほどだ。わあ、かわいい！

うまくいったのはモーガンのアドバイスのおかげだった。**金《きん》のへ**

ルメットをかぶっていれば、ピグリンの群《む》れの中《なか》でも安全《あんぜん》なのだ。

ピグリンが気《き》にしていないとはいえ、財宝《ざいほう》チェストを勝《かっ》手《て》に取《と》っていくところを見《み》られたくはない。ジョディはピグリンがいなくなるまで待《ま》ってから、砦《とりで》の中心《ちゅうしん》にある財宝《ざいほう》チェストに近《ちか》づいた。チェストの中《なか》に入《はい》っているのは

なんだろう？　かがやくような宝石《ほうせき》？　貴重《きちょう》な材料《ざいりょう》？　額《がく》に入《はい》った芸術作品《げいじゅつさくひん》？

チェストの中《なか》には、さまざまなアイテムが入《はい》っていた。黒《くろ》いディスク、鞍《くら》、おかしな見《み》た目《め》のきのこが釣《つ》り針《ばり》についた釣《つ》り竿《ざお》。説明図《せつめいず》も入《はい》っていた。それを見《み》ると、釣《つ》り竿《ざお》と鞍《くら》の使《つか》い方《かた》がわかった。

「うっそー」その図《ず》を見《み》たとたん、ジョディは思《おも》わず笑《わら》いだした。

ここからもう一度《いちど》、溶岩《ようがん》をわたって引《ひ》きかえさないといけない。

そして帰《かえ》り道《みち》で、ジョディは溶岩《ようがん》の海《うみ》をはでにわたることになるのだ。

仲間《なかま》たちは溶岩《ようがん》の向《む》こう側《がわ》で、ジョディの帰《かえ》りを待《ま》っていた。ストライダーに乗《の》っているジョディを見《み》たら、きっとみんなはおどろき、そして大喜《おおよろこ》びするだろう。

ストライダーは、オーバーワールドでは見《み》かけない**おかしな生《い》き物《もの》だ**。四角《しかく》くて赤《あか》くて、糸《いと》みたいな白《しろ》い毛《け》が生《は》え、目《め》と目《め》のあいだがはなれている。それに、しかめっつらをしているようなむすっとした口《くち》。ふきげんそうに見《み》えるけど、実《じつ》はとってもおだやかだ。

そして、ストライダーはきのこに目《め》がない！　**ジョディはストライダーの上《うえ》に乗《の》り、釣《つ》り竿《ざお》を使《つか》って、ストライダーの前《まえ》にゆがんだきのこをぶら下《さ》げた**。こうすれば、ストライダーにきのこを追《お》いかけさせて、どこへでもすきな方向《ほうこう》にストライダーをあやつれる。

溶岩《ようがん》の上《うえ》を突《つ》っきって、みんなのところへ帰《かえ》ろう。

ジョディが無事《ぶじ》にもどってくると、仲間《なかま》たちは歓声《かんせい》を上《あ》げた。ジョディもみんなに笑顔《えがお》を返《かえ》した。アッシュのアイデアのおかげで力《ちから》を合《あ》わせることができたのだ。ジョディが成功《せいこう》できたのは、仲間《なかま》たちが道《みち》を切《き》りひらいてくれたから。そして、ジョディが同《おな》じ失敗《しっぱい》をしないですんだのは、仲間《なかま》たちがひとりずつ自分《じぶん》の失敗《しっぱい》から学《まな》んだことを教《おし》えてくれたから。

ジョディはストライダーをぽんぽんとたたき、地面《じめん》にゆがんだきのこを置《お》いてあげた。「乗《の》せてくれてありがとね、ストライ・ガイ」

「アイテムを持《も》ってきたのか？」ゴーレムがたずねた。

「たぶんね」ジョディは黒《くろ》いディスクをかかげた。「アイテムって宝《たから》物《もの》かと思《おも》ったけど。こんなものが、どうしてそんなに大事《だいじ》なの？」

「それ自体《じたい》に価値《かち》はない。**それがもたらす喜《よろこ》びに価値《かち》がある**」

そういうと、ゴーレムはジョディに、穴《あな》のあいた茶色《ちゃいろ》い箱《はこ》にディスクを入《い》れるよう指示《しじ》した。その箱《はこ》はジュークボックスだった。ディスクがそこに置《お》かれると、音楽《おんがく》が流《なが》れだした。

「これは……？」モーガンがたずねた。

「〝ピッグステップ〟だ！」とテオ。

「ピッグがどうしたって？」ポーがいう。

ハーパーが笑《わら》いながら答《こた》えた。**「〝ピッグステップ〟っていう曲《きょく》よ」**

「楽《たの》しい曲《きょく》だね！」ジョディがビートに合《あ》わせておどりはじめる。

仲間《なかま》たちもいっしょになって体《からだ》を動《うご》かし……なんと、ゴーレムもおどりだした。

あんなに無表情《むひょうじょう》で感情《かんじょう》を見《み》せなかったゴーレムが、音《おん》楽《がく》の力《ちから》で**生《い》き生《い》きとしている**。腰《こし》をゆらし、うでを振《ふ》って、うれしそうに目《め》をキラキラさせている。

これがエヴォーカー・キングの喜《よろこ》びなのだろう。ゴーレムは、マインクラフトの中《なか》でおどろいたり喜《よろこ》んだりする仲《なか》間《ま》のひとりなんだ。

みんなでおどっていると、ゴー

レムがいきなり光《ひか》りはじめた。**すると、ゴーレムの胴体《どうたい》が、うずをまくように飛《と》びかうチョウチョウの群《む》れに変《か》わった。**チョウたちはおどるようにパタパタとあちこちに飛《と》びまわりながら、ジョディの横《よこ》を通《とお》りすぎてポータルにもどっていった。

チョウチョウはエヴォーカー・キングの一部《いちぶ》、胴体《どうたい》の部分《ぶぶん》を残《のこ》していった。

ジョディはにっこり笑《わら》った。胴体《どうたい》はまさに、エヴォーカー・キングの心《こころ》がやどるところだ。

第《だい》14章《しょう》

運動会《うんどうかい》！　スイートチークス男爵《だんしゃく》が選《えら》んだのは何色《なにいろ》？
みんながとっても楽《たの》しんでる！

ついにウッズワード・ミドル校《こう》に運動会《うんどうかい》の日《ひ》がやってきた。たとえ松葉《まつば》づえをついていて、足《あし》を使《つか》えなくても、モーガンは休《やす》むわけにはいかなかった。

「待《ま》ちに待《ま》った運動会《うんどうかい》ね、青組《あおぐみ》のみんな！」モーガンが登校《とうこう》すると、ミス・ミネルヴァに声《こえ》をかけられた。モーガンは43番《ばん》の青《あお》いゼッケンをつけている。ミネルヴァは出席簿《しゅっせきぼ》をチェックした。

「ちょっと待《ま》って」ミネルヴァはモーガンの松葉《まつば》づえを見《み》た。「**43番《ばん》はリレーにエントリーされてるけど、そんなはずないわよね？**」

「**それで合《あ》ってます。**参加種目《さんかしゅもく》を変《か》えるのに間《ま》にあわなかったんです。なので、43番《ばん》はリレーに参加《さんか》します」モーガンはきっぱりと答《こた》えた。

そこに、車《くるま》いすに乗《の》ったポーがやってきて、モーガンとハイタッチをした(片手《かたて》を上《あ》げたせいでモーガンはふらついたが、転《ころ》びはしなかった)。ポーも青《あお》いゼッケンをつけている。番号《ばんごう》は13。**ポーの車《くるま》いすは、古代《こだい》ギリシャの2輪《りん》の馬車《ばしゃ》のように飾《かざ》りたてられていた**

「じゃあ、交換《こうかん》しようか?」ポーがモーガンにいった。

モーガンがにっこり笑《わら》った。「そうしよう」

ミス・ミネルヴァの目《め》の前《まえ》で、モーガンとポーはゼッケンを交換《こうかん》し、モーガンが**13番《ばん》**をつけ、ポーは**43番《ばん》**をつけた。

ミス・ミネルヴァは笑顔《えがお》を見《み》せた。「みごとな解決方法《かいけつほうほう》ね。43番《ばん》も13番《ばん》も運動会《うんどうかい》を楽《たの》しんでね。**青組《あおぐみ》の力《ちから》を見《み》せてちょうだい！**」

しばらくすると、モーガンのゼッケンをつけたポーは陸上《りくじょう》トラックで位置《いち》についていた。テオとハーパー、赤組《あかぐみ》、黄組《きぐみ》、緑組《みどりぐみ》のリレー選手《せんしゅ》たちも並《なら》んでいる。

モーガンとジョディは観客席《かんきゃくせき》から見《み》ていた。

そばには、特別《とくべつ》ゲスト、**スイートチークス男爵《だんしゃく》とディンプルズ公爵《こうしゃく》夫人《ふじん》**もいる。

「青組《あおぐみ》がんばれ！　赤組《あかぐみ》がんばれ！」ジョディが大《おお》きな声援《せいえん》を送《おく》った。「ディンプルズ公爵《こうしゃく》夫人《ふじん》はどっちも応援《おうえん》してるよ！」

選手《せんしゅ》が待《ま》っている場所《ばしょ》からテオが大《おお》きな声《こえ》でいった。「ほんとうは、ハムスターには色《いろ》なんて、ほとんどわからないんだけど！」

ジョディも大《おお》きな声《こえ》でいいかえす。「ディンプルズ公爵《こうしゃく》夫人《ふじん》はテオなんか応援《おうえん》してないから！　ただそっちのほうに向《む》かってチューチュー鳴《な》いてるだけ！」

レース開始《かいし》を告《つ》げる合図《あいず》が鳴《な》った。ハーパーはスタートダッシュに成功《せいこう》し、トップにおどり出《で》た。でも、すぐにバテてしまい、テオにバトンをわたすときには、ほかの組《くみ》に追《お》いつかれていた。

テオは走《はし》りだしてすぐにつまずいてしまい、ほかの選手《せんしゅ》たちに抜《ぬ》かれた。でも、モーガンが見守《みまも》る中《なか》、テオは手足《てあし》をはげしく動《うご》かし、まっすぐ前《まえ》を向《む》いて走《はし》った。おかげでみんなの予想《よそう》よりも速《はや》く走《はし》り、ポーにバトンをわたした。

車《くるま》いすに乗《の》った**ポーが飛《と》びだした**。こんなに速《はや》く走《はし》るポーは見《み》たことがない。バスケットボールをしているおかげで、ポーはものすごいス

ピードで走《はし》れるのだ。

スタートしたときにはビリだったのに、ポーは黄組《きぐみ》の選手《せんしゅ》を抜《ぬ》き、緑組《みどりぐみ》も抜《ぬ》き去《さ》り、どんどん進《すす》んでいく……だが、赤組《あかぐみ》にはおしくもあと一歩《いっぽ》届《とど》かなかった。

「2位《い》だよ！　**すごい！**」ジョディが歓声《かんせい》を上《あ》げた。

「そうだね」スイートチークス男爵《だんしゃく》とディンプルズ公爵夫人《こうしゃくふじん》をベンチからたたき落《お》としてしまわないよう気《き》をつけながら、モーガンも大《おお》きな拍手《はくしゅ》を送《おく》った。

スイートチークス男爵《だんしゃく》はレースには興味《きょうみ》がなさそうだった。**男爵《だんしゃく》はずっとディンプルズ公爵夫人《こうしゃくふじん》しか見《み》ていない。**

23
MMXXIII

ジョディの参加種目《さんかしゅもく》は円盤投《えんばんな》げだ。**１投目《とうめ》では、あと少《すこ》しでミス・ミネルヴァの髪《かみ》の毛《け》をざっくり切《き》ってしまいそうなほど、とんでもない方向《ほうこう》に投《な》げてしまったけれど、そのあとはうまくいき、ジョディはみごと１位《い》になった。**

つぎはモーガンの番《ばん》だ。モーガンはジョディと同《おな》じように緊張《きんちょう》していた。１位《い》になれたらいい気分《きぶん》だろうな！と考《かんが》えていた。

けれども、モーガンは大事《だいじ》なことを思《おも》い出《だ》した。自分《じぶん》にプレッシャーをかけるのではなく、**楽《たの》しむこと。**モーガンは、ミネルヴァに教《おし》えてもらったとおり**瞑想《めいそう》をしてみた。**すると、心《こころ》が

少《すこ》し落《お》ちついた。呼吸《こきゅう》に意識《いしき》を向《む》けるのはなかなかいいものだ。

バスケットボールのフリースローは、もともとモーガンが選《えら》んだ種目《しゅもく》ではなかった。バスケットボールのシュートが得意《とくい》なわけでもない。でも座《すわ》ったままなら、足《あし》を地面《じめん》につけなくてすむし、バランスをくずす心配《しんぱい》もない。ウッズワード校《こう》の車《くるま》いすバスケットボールチームは大会《たいかい》で優勝《ゆうしょう》するほど強《つよ》いので、モーガンが座《すわ》りながらシュートをしても、だれも気《き》にしなかった。

とはいえ、モーガンは2本《ほん》しかシュート

を決《き》められなかった。そのため、結果《けっか》はビリだった。

でも、そんなことはどうでもいい。**モーガンは、シュートを外《はず》しても笑顔《えがお》を見《み》せ、シュートを決《き》めたらうれしそうにおどけた。**

仲間《なかま》たちはバスケットコートのわきで、ずっとモーガンを応援《おうえん》していた。

第《だい》15章《しょう》

みんな大《だい》すきハッピーエンド！　じゃあ、この章《しょう》はきっと大《だい》きらい

数日後《すうじつご》、仲間《なかま》たちはマインクラフトの世界《せかい》にもどった。ゴーレムの挑戦《ちょうせん》に成功《せいこう》してから、みんなははじめてゴーグルを装着《そうちゃく》した。**エヴォーカー・キングをもとにもどすために必要《ひつよう》なパーツはあとひとつだけ**。たったのひとつだ！

青《あお》いソウルたき火《び》のそばにスポーンした5人《にん》は、せっかくなのでゴーレムのチェストを調《しら》べた。中身《なかみ》はからっぽ。ゴーレムのアイテムはすでにひとつ残《のこ》らず使《つか》ってしまったのだ。

「**持《も》ち物《もの》がなにもかも……少《すく》なくなってるわ**」とハーパー。

「だいじょうぶだよ。オーバーワールドでまた集《あつ》めればいいさ」テオが答《こた》えた。

「こんなところ、早《はや》く出《で》ていこうよ」ポーがぶうぶういう。

「実《じつ》は、ちょっとだけピグリンが恋《こい》しいんだよね」ジョディがいった。

モーガンはピグリンを思《おも》いうかべて、ぞっとした。「かんべんしてくれよ。**さあ、行《い》こう**」

ポータルに着《つ》くと、モーガンは少《すこ》しのあいだ、向《む》こう側《がわ》はどうなってるのだろうと思《おも》った。オーバーワールドを出《で》てから1週間《しゅうかん》以上《いじょう》がたっている。ネザーに来《く》るとき、**キズは空一面《そらいちめん》を飲《の》みこもうとするかのように広《ひろ》がっていた**。あのときよりもっとひどいことになっていませんように。

ところが、その願《ねが》いはがらがらとくずれていった。

オーバーワールドに足《あし》を踏《ふ》み入《い》れたとたん、モーガンははっとし

た。オーバーワールドが見《み》る影《かげ》もなかったのだ。**ピクセル状《じょう》の稲妻《いなずま》を放《はな》つ暗闇《くらやみ》の空間《くうかん》が、そこらじゅう、いたるところに広《ひろ》がっている。**地形《ちけい》はまだ残《のこ》っていたので、なんとか足《あし》を踏《ふ》みだせたものの、地面《じめん》はひび割《わ》

れていた。みんなが大《だい》すきなオーバーワールドというより、まるでジ・エンドにある空飛《そらと》ぶ王国《おうこく》だ。

仲間《なかま》たちもポータルを通《とお》って、モーガンのうしろからやってきた。

そして、その光景《こうけい》を目《め》にすると、つぎつぎにことばを失《うしな》った。

「ここでなにがあったの？」ジョディがたずねた。

「間《ま》にあわなかったんだ」モーガンが答《こた》えた。「**キズが……オーバーワールドをまるごと飲《の》みこんじゃった**」

MINECRAFT

マインクラフト

木《き》の剣《けん》のものがたり

❶ ゲームにとびこめ！

マインクラフトが大すきな５人の仲間たちが、現実からゲームの世界に入りこんじゃった！　これはもうゲームじゃない。みんなで探検し、いろいろなものをつくって、生きのころう！

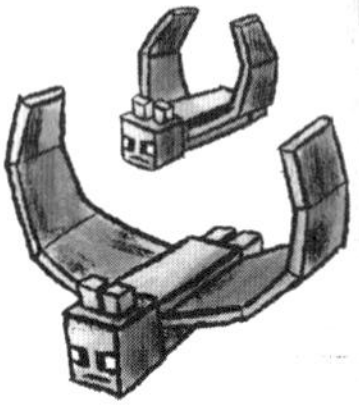

❷ コウモリのなぞ

ゲームの中ではゾンビの群れにおそわれ、現実世界ではコウモリが学校に飛びこんできた！　仲間たちは力を合わせて、移動するモンスターたちのなぞを解きあかす。

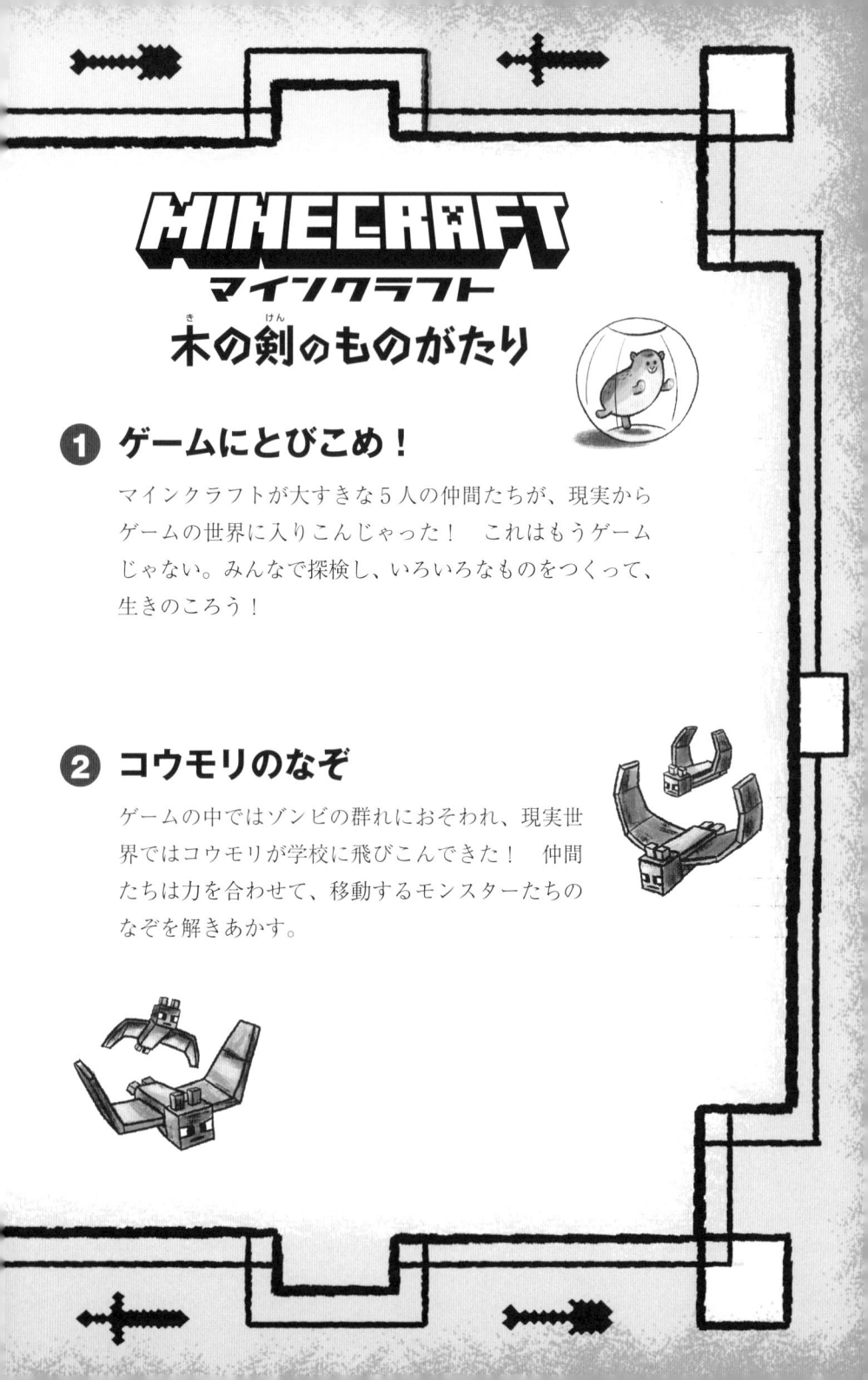

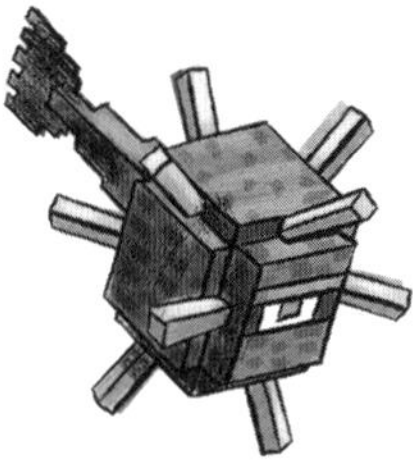

❸ かいていのひみつ

ほんとうにマインクラフトの世界に入れる仲間たち。海洋バイオームにもぐっていくと、ふしぎな美しい世界が広がっていた。宝の地図にさそわれて、冒険と探検に出発するが、そこでは、なぞのエヴォーカー・キングがしかけたわなが待ちうける……。

❹ きかいのはんらん

ジョディ、アッシュ、モーガンたちは、ぶきみな敵、エヴォーカー・キングの正体をつきとめようと、現実世界にもどる。エヴォーカー・キングって、いったいなにもの？　エヴォーカー・キングって、ゲームの中から出てこられるの？

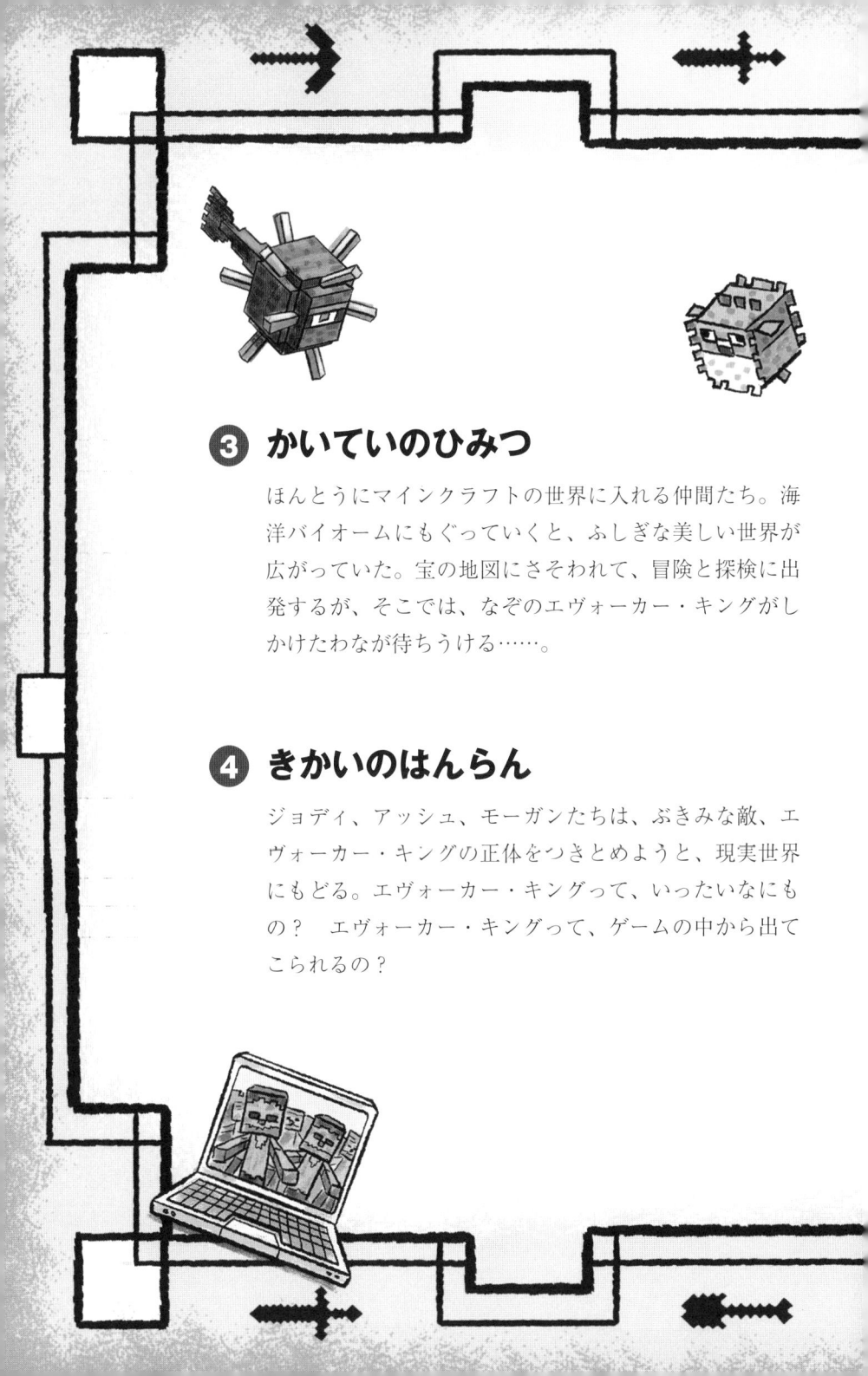

❺ ダンジョンにもぐれ！

ポーとモーガンたちは、エヴォーカー・キングを追いかけて、おそろしいダンジョンの中へ中へと入り込む。そこには、ドラゴンや敵対モブなど危険がいっぱい。さあ、ファンタジーの大冒険へ出発だ！

❻ さいごのたたかい

マインクラフトの世界がエヴォーカー・キングに支配されてしまった！　仲間たちは最後のたたかいにいどむ。マインクラフトでいちばん強力な「いしずえの石」をもつエヴォーカー・キングを、はたしてたおせるか？

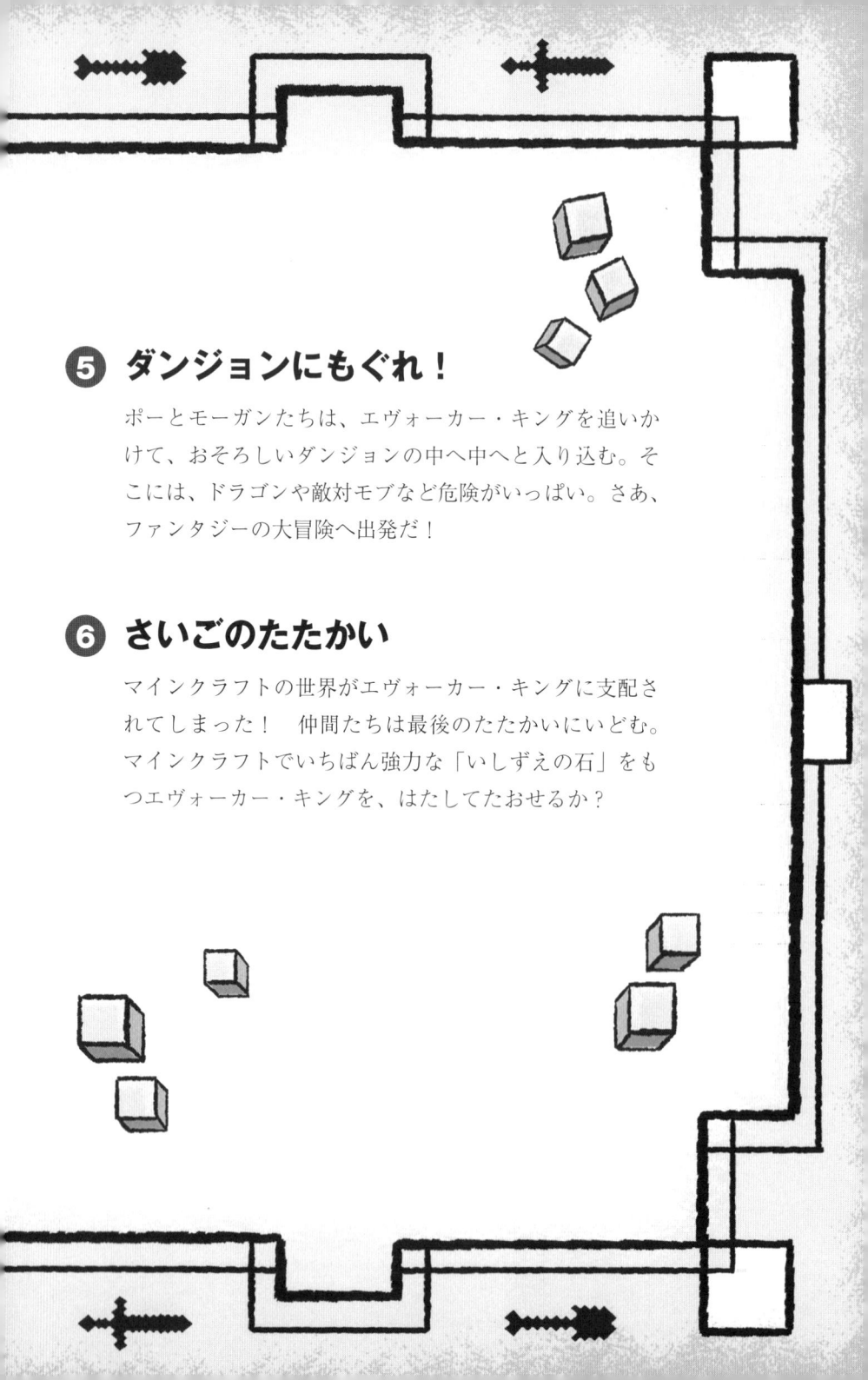

そして冒険《ぼうけん》は続《つづ》く

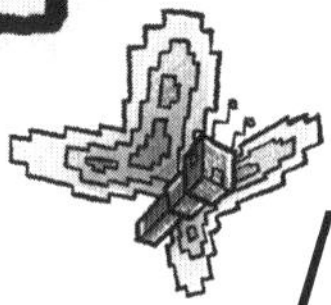

MINECRAFT
マインクラフト

石《いし》の剣《けん》のものがたり

❶ おかしなコード

なにものかによって石にされたエヴォーカー・キング。べんりなMODを使える新入りのテオは、エヴォーカー・キングを助けようとする。でも、テオがゲームのコードをいじったせいで、みんなやられちゃいそう！　テオはほんとうにみんなの仲間になれるのか？

❷ モブのたくらみ

ポーとハーパーたちは、深い地底にもぐり、危険なクモの巣へと立ちむかう。でもそれはまだ楽なほう。現実世界ではポーが児童会長に立候補したものだから、さあ、たいへん！

❸ ペットをすくえ！

エヴォーカー・キングの３つめのパーツはウィッチの姿をしていた。そして、とんでもなくレアなモブを連れてこいと言う。けれどジョディは、なにがあってもモブたちを守ろうと心に決めるのだった……。

❹ ハチのなんもん

現実では学校のハチが消え、ゲームのなかではエヴォーカー・キングのかけらがハチの群れに変身する……これって、なにか関係があるの？ さらにはマイクラ世界の「空のキズ」がどんどん広がり、暗くなっていき……。

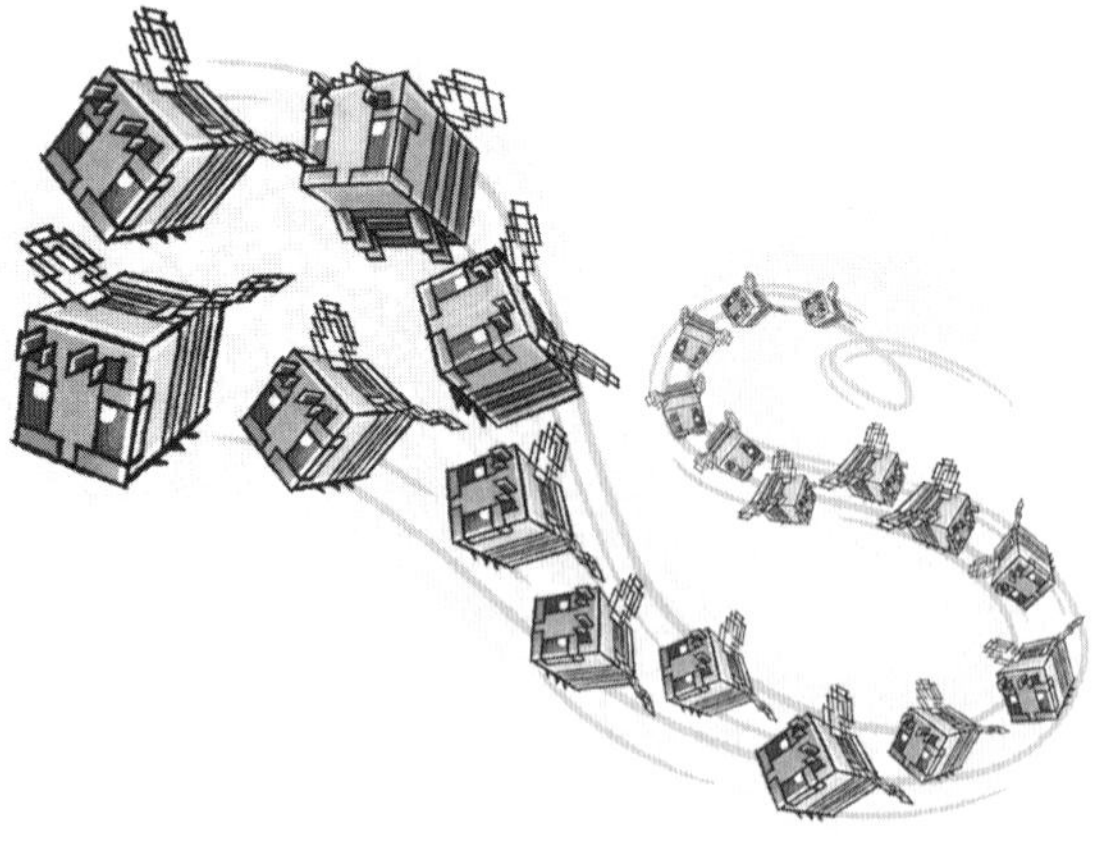

石の剣のものがたり、ついに完結へ。
第６巻で描かれる結末を見逃すな！

MINECRAFT《マインクラフト》はブロックを使いながら冒険するゲーム。プレイヤーは山脈、洞窟、海、ジャングル、砂漠でできたはてしない世界で、ものをつくったり、遊んだり、探検したりできる。ゾンビをたおしたり、夢のようなケーキを焼いたり、危険なエリアを調査したり、超高層ビルを建てたりするのもＯＫだ。マインクラフトでどんな冒険をする？　それは、きみしだい！

ニック・エリオポラス（文）

作家、物語デザイナー。ニューヨーク市ブルックリン在住。読書とゲームが大好き。大親友といっしょに「Adventurers Guild」シリーズを執筆するいっぽう、小さなビデオゲーム制作会社で物語《ナラティブ》デザイナーとして働いている。もう何年もマインクラフトで遊んでいるのに、いまだにエンダーマンにびびってしまう。

アラン・バトソン（絵）

イギリス人。マンガ家、イラストレーターとして活躍。立方体と外国を旅するのが大すきなので、最近ではマインクラフトの世界を冒険するいろいろな本のイラストを手がけている。ほかにも『Everything I Need to Know I Learned from a Star Wars Little Golden Book』『Everything That Glitters is Guy!』『Spider-Ham』といった作品で挿絵を担当している。

クリス・ヒル（絵）

イラストレーター。妻と２人の娘とイギリスのバーミンガム在住。大好きなイラストの仕事を25年も続けている！　休みの日には、家族とすごしたり、飼い犬がへとへとになるほど長い散歩をしたり。ひまなときは、オートバイに乗って風を感じながら、つぎはどんなイラストをかこうかと考えている。

【日本語版制作】
翻訳協力：株式会社リベル
編集・DTP：株式会社トップスタジオ
担当：村下 昇平・細谷 謙吾

■お問い合わせについて

本書の内容に関するご質問につきましては、弊社ホームページの該当書籍のコーナーからお願いいたします。お電話によるご質問、および本書に記載されている内容以外のご質問には、一切お答えできません。あらかじめご了承ください。また、ご質問の際には、「書籍名」と「該当ページ番号」、「お名前とご連絡先」を明記してください。

●技術評論社 Web サイト
https://book.gihyo.jp

お送りいただきましたご質問には、できる限り迅速にお答えをするよう努力しておりますが、ご質問の内容によってはお答えするまでに、お時間をいただくこともございます。回答の期日をご指定いただいても、ご希望にお応えできかねる場合もありますので、あらかじめご了承ください。なお、ご質問の際に記載いただいた個人情報は質問の返答以外の目的には使用いたしません。また、質問の返答後は速やかに破棄させていただきます。

マインクラフト ゴーレムにいどめ！

石《いし》の剣《けん》のものがたりシリーズ⑤

2024 年 12 月 13 日　初版　第 1 刷発行

著　者　ニック・エリオポラス、アラン・バトソン、
　　　　クリス・ヒル
訳　者　酒井《さかい》 章文《あきふみ》
発行者　片岡 巌
発行所　株式会社技術評論社
　　　　東京都新宿区市谷左内町 21-13
　　　　電話　03-3513-6150　販売促進部
　　　　　　　03-3513-6177　第 5 編集部
印刷／製本　TOPPAN クロレ株式会社

定価はカバーに表示してあります。

ISBN978-4-297-14594-1 C8097